당신을
만난 다음
페이지

사랑으로도
채울 수 없는 날의
문장들

당신을 만난

다음 페이지.

조안나 지음

◈ 을유문화사

당신을
만난
다음 페이지

발행일
2014년 11월 20일 초판 1쇄

지은이 | 조안나
펴낸이 | 정무영
펴낸곳 | (주)을유문화사

창립일 | 1945년 12월 1일
주   소 | 서울시 종로구 우정국로 51-4
전   화 | 734-3515, 733-8153
팩   스 | 732-9154
홈페이지 | www.eulyoo.co.kr
ISBN 978-89-324-7247-8 03810

당신은 고독을 향해 직진하지.
난 아니야, 내겐 책들이 있어.
— 마르그리트 뒤라스Marguerite Duras

contents

나를 생각하게 하는 당신

내게 영감을 주는 당신

나를 말하게 하는 당신

내게 영원히 기억될 당신

나를
생각하게 하는
당신

가벼운 나날 *Light Years*
제임스 설터

·
·

가늠할 수 없는 깊이를 지닌
네드라에게

　　　　　　　　읽고 난 후 어디부터 이야기해야 할
지 감조차 잡히지 않는 책들이 있다. 대게 줄거리가 엄청나게 버라
이어티하거나, 주인공의 취향에 격하게 동조되거나, 문장이 거미줄
처럼 연결되어 있어 끝을 알 수 없을 때가 거의 그렇다. 입구만 있고
출구는 없는 것 같은 주말, 살면서 꼭 한번 만나고 싶은 여인이 있어
함께 외출했다. 남편은 열흘째 부재중이고, 집 안에는 나를 유혹하
는 다양한 집안일이 있다(해도 해도 끝나지 않는 일들이 있다는 것을 결
혼 후 처음 알게 되었다). 혼자 눈감고, 혼자 눈뜨는 독립적인 생활을
동경했으나, 이젠 희뿌연 스탠드 불빛만 봐도 눈물이 날 것 같다. 내
가 이토록 타인에게 의존적인 인간이었다니……. 비참한 기분이 들

어 소설책과 노트북을 들고 집에서 탈출을 시도했다. 카푸치노가 다 식기 전에 서둘러 이 외출을 끝낼 수 있을까?

　이 모든 것은 제각각이면서도 밀접하게 엮여 있고, 보이는 것과 달 랐다. 실제로 이 세상엔 두 종류의 삶이 있다. 비리의 말처럼, 사람 들이 생각하는 당신의 삶 그리고 다른 하나의 삶. 문제가 있는 건 이 다른 삶이고 우리가 보고 싶어 하는 것도 바로 이 삶이다.

　오늘 나와 동행한 소설 속 주인공은 평온한 일상을 연기하는 제임 스 설터의 『가벼운 나날』의 여주인공 네드라이다. 그녀는 건축가 남 편 비리와 미국의 교외에서 누가 보아도 안정적으로, 호사롭게 살아 가고 있다. 제일 좋은 구두를 신고 쇼핑을 하고, 지인들과 평화로운 점심을 먹고, 저녁 식사를 계획하고, 사랑스러운 아이들과 하루를 마감한다. 그러나 그들의 삶은 풍성한 활동을 보여 줌에도 불구하 고, 불안하고 공허해 보인다. 네드라의 내면은 결혼 후 부재하는 모 든 것을 보여 준다. 그래서 이 소설에는 연극적인 흥분감이 도처에 뻗어 있다. 행복한 결혼 생활을 계획하고 꿈꿔야 할 신혼 시절에는 어울리지 않는 소설이다. 그러나 언제나 책으로 행복을 의심하고, 불행에 대비하는 나에겐 가장 적절한 소설이기도 하다. 달콤한 신혼

을 즐기고 있는 내가 대체 왜 네드라에게 벅찬 동질감을 느끼는 걸
까? 아마도 다음과 같은 문장들 때문일 것이다.

> 그녀는 저녁 식사의 분위기를 띄우는, 멋진 말을 할 줄 아는 여자
> 다. 그녀 옆자리에 앉게 되는 남자는 입이 벌어진다. 그녀는 자기
> 가 뭘 하고 있는지 안다. 그게 핵심이다. 하지만 어떻게 아는 걸까?
> 그녀는 같은 행동을 반복하지 않는다. 그녀의 얼굴은 사람을 흥분
> 시킨다. 그 갑작스럽게 터지는 미소. 하지만 어찌 된 일인지 아무
> 것도 보여 주지 않는다.

　모두가 그녀의 아우라 속으로 들어가고 싶어 하고, 비리도 이 완
벽한 여자를 소유했다는 기쁨에 휩싸일 때가 있었다. "만기 없는 계
약을 맺은 것처럼 생을 함께 보낼" 그들은 어쩌다 햇살 가득한 집과
넘치는 호기심을 가진 아이가 있는 일상을 견디지 못하게 된 걸까?
완벽한 미소를 가진 아내와 마치 길가에서 정신을 잃은 것 같은 무
질서한 애인 사이에서 비리는 흔한 남자의 고뇌를 보여 준다. 아무
리 작가들이 사랑하는 작가, 제임스 설터가 아름답게 묘사해도 그의
외도는 평범하기 그지없어 지루하다.
　그는 최고의 교육은 오직 한 권의 책을 아는 데서 온다고 믿는 남

결혼이란, 나아가 인생이란
이런 먼지를 끊임없이
닦아 내는 일인지도 모른다.
가장 중요한 것은 먼지를 대하는
자세일 것이다.

자다. 이와 달리 네드라는 진정하고 유일한 교육은 한 사람에게서 온다고 믿는 여자다. 그는 멋진 셔츠를 고르는 능력을 가졌지만 자신의 삶에서 진짜로 중요한 것을 골라내는 능력은 거의 제로에 가깝다. '좋은 아빠'이지만 '좋은 남편'이 되지 못한 남자. 그의 견고한 지식은 부부의 애정 문제에서 그 어떤 방패도 되지 못한다. 설터는 그 이유를 매우 정교한 문장으로, 한 장면 한 장면 증명해 보인다. 아마도 그는 네드라를 잃게 될 것이다.

집 밖을 여행하지 않아도, 세상의 이치를 깨달은 여인이 여기 있다. 그녀는 친밀하고 풍성하고 끝이 나지 않는 대화를 할 줄 아는 여인이다. 그녀는 삶의 한계를 받아들임으로써 얻은 고뇌와 만족으로 우아해졌다. 그녀가 무서워하는 유일한 것은 "평범한 삶"이라는 두 단어다. 잔인하게도, 이런 그녀의 삶이 저물면 아이들의 삶은 피어날 것이다. 나는 알고 싶지 않은 모든 사실을 친절하게 알려 주는 이 여인을 내 삶이 평범해지려고 할 때마다 펼쳐 볼 것이다. 아직 '아이 없는 삶'에 만족하며 살고 있지만 언젠가 나도 아이를 가질 것이기에, '아이 있는 삶'을 상상하며 읽기에도 이만한 소설은 없다. 물론, 작가는 끝까지 결혼 후 '영원한 행복'을 농담 속에 숨긴 냉소처럼 다루고 있지만 상관없다. 상처 가득한 현명함을 지닌 그녀의 말에 기대어 마지막으로 사랑하는 이들에게 묻고 싶다.

"진실하게 살면서 행복하고 너그러운 사람이, 충실하지만 불행한 사람보다 낫지 않아? 그렇지 않아?"

거짓의 증거들로 거짓된 삶을 사는 일이 어쩌면 가장 안전하고 편리한 삶일지도 모른다. 깊게 생각하지 않고 주어진 시간에 기대어, 남의 이목을 끄는 욕망을 억누르며, 충실하게 하루가 지나가는 것을 바라보는 삶. 하지만 '남이 바라보는 삶'과 '내가 바라보는 삶'은 분명 동전의 양면처럼 붙어 있다. 이 소설은 그런 이중성을 장장 437쪽에 걸쳐 서늘하지만 너무나 아름답게 그린다. 하루 종일 집을 쓸고 닦아도 다음 날엔 어김없이 먼지가 쌓여 있다. 결혼이란, 나아가 인생이란 이런 먼지를 끊임없이 닦아 내는 일인지도 모른다. 가장 중요한 것은 먼지를 대하는 자세일 것이다. 네드라가 내게 그렇게 말했다. 이미 우유 거품만 남은 카푸치노는 차갑게 식었다. 이제 집에 가서, 청소기를 돌리고 물걸레질을 하고, 간단히 샤워를 하고 나면 오늘의 먼지도 거짓말처럼 사라질 것이다.

함께 읽으면 좋은 소설

레볼루셔너리 로드 리처드 예이츠 지음 | 유정화 옮김 | 노블마인 | 2009
올리브 키터리지 엘리자베스 스트라우트 지음 | 권상미 옮김 | 문학동네 | 2010
열정 산도르 마라이 지음 | 김인순 옮김 | 솔 | 2001

그대와 함께 듣는 BGM

The Game Of Love 다프트 펑크

일요일들 日曜日たち
요시다 슈이치

□
▪

인생에서 일요일을 빼면
무엇이 남을까?

결혼 날짜가 다가올수록 그와 헤어지
는 일은 더 힘겹다. 몇 번을 뒤돌아서고, 뒤돌아서자마자 통화를 한
다. 십 년간 연애를 했지만 항상 한결같다는 것이 나조차 신기하다.
일요일마다 그를 그의 집에 혼자 두고 나의 집으로 돌아오는 길이
무척 쓸쓸하다. 아마, 그건 다음 날이 월요일이어서 그런지도 모른
다. 항상 같이 보던 「개그콘서트」를 보지 않게 된 것도 그 이유에서
이다. 「개그콘서트」가 끝나면, 우린 헤어져서 각자의 침대에서 월요
일을 맞이해야 한다. 주말의 클로징과 함께 월요일의 오프닝이 겹치
는 그 시간……. 아쉬움도 달래고, 치열하게 일어나야 할 월요일을
위해 소설책 한 권을 펴 든다.

애인이 있는 사람, 없는 사람, 누구나 일요일은 온다.

요시다 슈이치의 소설집 『일요일들』. 작위적이지만, 일요일 밤에
『일요일들』을 읽는 것이 내 오래된 습관이다. 시시콜콜한 일상에 숨
어 있는 인간의 본성을 유쾌하고 날카롭게 풀어내는 작가답게 이 소
설은 쉽게 읽히고, 오늘의 안녕을 안심하게 만든다. 다섯 편의 단편
이 따로 존재하는 듯 보이지만, 마지막 작품 「일요일들」에 와서 앞의
작품에서 조금씩 언급되었던 두 명의 가출 소년의 현재 이야기가 등
장하면서 하나로 통합되고 전혀 관계가 없어 보이던 인물들의 삶이
교차한다. 작가는 "인생에서 일요일을 빼면 무엇이 남을까?"라고 묻
는다. 그리고 "여태껏 살아오면서 내 힘으로 끝까지 해낸 일이 있냐
고" 다그친다.

친절 따윈 됐다고 우기는 사람이, 실은 얼마나 그 친절을 필요로
하고 있는가. 지금까지는 생각해본 적도 없다는 걸 그제야 깨달았
다. 상대를 위해서 그랬다고 하면서도 결국 자신을 위해 중간에 포
기해왔다는 것을 짧은 순간에 깨달았던 것이다.

_「일요일의 운세」 중에서

「일요일의 운세」의 다바타는 '어쩌다 보니'가 생활화된 청년이다. 그는 여자 친구 때문에 어쩌다 와세다 대학을 나왔지만 지금껏 긴자의 클럽에서 홀서빙 아르바이트를 하고 있다. 이제 상파울루에 가서 살지도 모른다. 고향에 남아 공무원과 같은 생활을 하고 있는 형이 묻는다. "넌 그렇게 살면 행복하냐"고. 이 '어쩌다 보니'맨도 행복하냐는 갑작스런 질문에 그리 간단하게 대답하지는 못한다.

「일요일의 엘리베이터」 속 와타나베는 여러 아르바이트를 전전하는 서른 살의 자취남이다. 반년이 넘게 사귀는 애인이 간호사가 아닌 의사가 되기 위해 공부하고 있는 걸 뒤늦게 알게 된 남자의 반응이 흥미롭다. 수련의가 된 여자 친구는 점점 더 약속을 지키지 못한다. 어느 틈엔가 "그녀에게서 걸려오는 전화의 횟수가 줄고, 와타나베 쪽에서는 그것을 알아차리지도 못했다". 이대로 이 둘은 헤어지게 되는 걸까? 여름에서 가을로 계절이 넘어가듯 자연스러운 이별이었다.

마치 자기 자신이 이른 아침 시부야 역에 버려져 있는 것 같은 심정이었다. 마치 혼자서 영화를 보러간 것 같은 기분이었다. 마치 무심코 낯선 바에 들어갔다가 젊은 남자들이 말을 걸어준 게 기뻐

그들을 따라 나선 것 같았다.   _「일요일의 피해자」 중에서

이렇게 소설은 주변에서 흔히 마주칠 수 있는 남녀의 일상을 보여
준다. 평범해서 더욱 잔인하다. 대학을 졸업하고, 직장 생활을 시작
한 지 좀 되어서 각자 일에도 익숙해졌고, 주말에 가까운 곳으로 여
행을 갈 정도의 여유가 있는 등장인물들이 살아 움직인다. 자연스럽
게 멀어진 관계들이 신칸센을 타고 떠다닌다.

마사카츠는 워낙 사람들이 북적거리는 곳을 싫어한다. 사람들이
꽉 들어찬 장소는 말할 것도 없고, 시내를 경유해 들어오는 버스
에 잠깐 올라타기만 해도 그 후유증이 며칠은 간다. 목수라는 직업
상 이동할 때는 오로지 작은 트럭을 이용하고, 시내 음식점에 나갈
일이 있으면 꼭 택시를 탄다. 마사카츠는 만원 버스나 전철을 타고
있으면 꼭 싸움에 진 것 같은 기분이 든다고 했다. 도대체 어떤 싸
움이라는 건지는 모르겠지만, 절대로 이길 수 없는 상대를 앞에 두
고 속에서 끓어오르는 분노를 꾹 참고 있는, 그런 기분이 된다고
한다.   _「일요일의 남자들」 중에서

같은 도시에 살고 있어도, 서로가 따로 시간을 쪼개 어울리는 사

이는 드물다. 도쿄나 규슈의 결혼식이든 서울의 결혼식이든 지루하긴 매한가지라는 사실도 변하지 않는다. 잊고 싶지 않은 건 잊어지고, 잊고 싶은 기억만 떠오르는 밤이 저절로 생각나는 소설이다. 확실히, 요시다 슈이치는 도시인의 감성에 딱 맞는 소설을 쓸 줄 아는 영리한 작가이다. 『퍼레이드』만큼의 충격은 없었지만, 이 소설의 마지막은 9년 간 살았던 아주 추웠던 그 집을 떠오르게 했다.

> 도로를 따라 걸어 내려가는 청년의 뒷모습을 노리코는 사라질 때까지 지켜봤다. 지금부터는 십 년 동안 산 아파트의 열쇠를 부동산에 갖다주고 십오 년을 산 이 도시를 뒤로한다. 나쁜 일만 있었던 건 아니라고 노리코는 생각한다. 그래, 나쁜 일만 있었던 건 아니야.
>
> _「일요일들」 중에서

그래, 일요일마다 나쁜 일만 있었던 건 아니어서 다행이다. 가족들은 나를 보고 '송충이'라고 했다. 톡톡 쏘아 댄다고. 그땐 그랬다. 누가 나한테 말만 시켜도 화가 났다. 밖으로 통하는 창문이 크게 난 '나의 방'은 한겨울엔 추워서 오래 앉아 있을 수가 없었다. 한 평 남짓한 공간에 책상과 책장, 졸업 작품으로 언니가 만든 크고 무거운 화장대가 옹기종기 ㄷ 자 모양으로 놓여 있던 '나의 방'. 겨울에는 바

닥만 따듯할 뿐 방 공기는 마녀의 젖꼭지처럼 매서웠다. 그런 '나의
방'을 피해 안방으로 피신해 왔지만 늦잠 자는 언니에게 한 소리를
들었다. 안방에서 바람이 들어오는 창문에 침대 매트리스를 세워 놓
고 언니, 엄마, 나 이렇게 셋이 바닥에서 잠을 잤다. 지난밤 이른 취침
으로 일찍 잠이 깬 나는 '나의 방'에서 마우스로 여러 사이트를 돌아
다니며 앉아 있었다. 그래서 손이 얼음장처럼 차가워졌다. 그런 손
을 녹이려고 다시 잠을 잤던 안방으로 기어들어 갔던 것이다. 그런
내게 "송충이, 불 꺼!"라는 말을 하는 언니. 나의 언니는 양보와 이해
를 몰랐다. 그런 자신의 행동이 모두 나의 탓이라며 화를 냈다. 서로
에게 발톱을 보인 채 으르렁댔다. 이 모든 것이 나를 시베리아 같은
내 방 책상 위에 다시 앉게 했다.

　사실이지만 인정하기 싫은 어떤 것. 나는 노트를 펴고 '송충이'라
고 적어 본다. 어떤 것이든 나의 글씨로 언어라는 집 안에 앉혀 놓으
면 마음이 편안해진다. 잘해 주어도 그때뿐이라는, 언니의 나에 대
한 비아냥거림도 적고 나면 애달파진다. 그리고 지금은 언니와 둘도
없는 친구가 되었지 않는가.

　엄마의 양 볼에 입술을 갖다 댔다.

부르텄던 마음이 가라앉는다.

이렇게 나의 방, 책상에 앉으면,

심장 같은 책들과 대장 같은 노트들 속에서

맑은 피가 순환되는 기분을 만끽한다.

— 추워서 왔어.

— 그럼 이불 덮고 자.

— 엄마, 언니가 싫어.

— 너 국어선생님 맞아? 책을 많이 읽었으면 그만큼 이해심이 많아져야지…….

조용히, 아주 조용히 한숨을 쉬었다. 언니는 "너"라는 말을 제일 싫어하고 나는 "네가 그렇지"란 말을 들으면 분노했다. 서로에 대해 너무 잘 안다는 것은 때론 독이 된다. 가족에게는 오히려 속 깊은 이야기가 통하지 않는다. 밥 먹자, 옷 입어, 자자, 의식주를 공유하는 가족에게 고민을 털어놓는 일은 만리장성을 쌓아 올리는 것만큼 힘들 때가 있다. 아빠와 엄마가 텔레비전의 볼륨을 크게 높이고 한 침대에서 잠을 자던 때가 있었다. 그런 날에는 일찍 우리를 재우고 문까지 잠그고 안방으로 들어가셨다. 이젠 죽어도 같은 이불 속에서 잠을 잘 수 없다는 아빠와 엄마. 그들은 돈은 주고받을지언정 더 이상 살을 섞지 않는다. 서로 알몸을 보이려고 하지도 않는다. 내가 그들에게 섹스 이야기를 하지 못하는 것은 가족은 섹스라는 행위를 통해 형성된 집단이기 때문이다. 가난한 사람들 틈에서 가난을 이야기할 수 없는 것처럼, 서울에서는 서울 이야기를, 파리에서는 파리 이야기를 할 수 없는 것처럼.

　수많은 일요일들을 지나, 내일 걱정 따윈 접어 두고 이렇게 소설
을 읽고 마음껏 글을 쓸 수 있는 밤을 맞이했다. 부르텄던 마음이 가
라앉는다. 이렇게 나의 방, 책상에 앉으면. 심장 같은 책들과 대장 같
은 노트들 속에서 맑은 피가 순환되는 기분을 만끽한다. "부조리한
괴로움은 내일을 기다려도 해결되지 않는다." 그렇기에 나는 오늘도
소설을 읽다 잠든다.

브람스를 좋아하세요... *Aimez-vous Brahms*
프랑수아즈 사강

그대는 언제까지 나를
혼자 둘 작정인가요

그녀가 이렇게 거울 앞에 앉은 것은 시간을 죽이기 위해서였으나,
정작 깨달은 것은 사랑스러웠던 자신의 모습을 공격해 시나브로
죽여 온 것이 다름 아닌 시간이라는 사실이었다.

소설 『브람스를 좋아하세요...』에 관해서 왜 작가 사강은 "'브람스
를 좋아하세요?'가 아닌 '브람스를 좋아하세요...'라고 불러야 합니
다"라고 강조했을까. 이 제목 하나에 많은 상징이 들어 있기 때문이
다. 우리는 대부분의 프랑스인들이 브람스를 그다지 좋아하지 않는
다는 사실과 모차르트나 베토벤이 아닌 '브람스'를 좋아하느냐고 묻
는 것이 단지 취향에 관한 것인지에 대한 사념들을 모두 챙겨 가며

이 소설을 읽어야 하는 것이다. 하지만 문장은 쉽고, 이해하기 힘든 복선 따위 없으니 '읽기에 대한 부담감'은 벗어던지고 뛰어들어 보자. 이 책이 지나간 사랑, 지금 하고 있는 사랑에 노란 신호등이 되어 줄 것이 분명함으로.

> 그녀에게는 자유가 고독을 의미할 뿐이 아니던가. 자신이 그가 몹시 싫어하는 악착스럽고 독점욕 강한 여자가 된 것 같다는 말을 그녀는 그에게 힐 수 없으리라. 문득 그녀는 아무도 없는 자신의 아파트가 무섭고 쓸모없게 여겨졌다.

소녀 취향의 로맨스 소설이라 하기엔 읽는 내내 너무 아프고, 또 그렇다고 알랭 드 보통처럼 철학적 명쾌함이 있다고는 할 수 없는 프랑수와즈 사강의 연애소설. 읽고 나면 한 십 년은 더 늙은 것 같은 기분이 드는 그녀의 소설을 나는 왜 밤마다 읽게 되는 걸까. 잠들 줄 모르는 전화기가 오늘따라 왜 이렇게 쓸쓸하게 느껴지는 걸까……. 소설만큼이나 드라마틱한 삶을 산 사강이기에 더욱 작품에서 '자전적인 흔적'을 지우기가 힘들다. 더불어 이 글도 '내 사랑의 찌꺼기'가 걸러지지 않을 것이 분명하다. 약속을 지키지 않는 애인에게 강한 척 "그래, 그럼 다음에 만나"라고 말하고, 전화기의 전원을 꺼 버리고 기다리는 못난 마음이 드러나지 않도록 조심해야겠다.

이 소설의 중심인물은 서른아홉 살의 폴, 스물다섯의 시몽, 늘 부재중인 다른 남자 로제, 이렇게 세 명이다. 흔히 볼 수 있는 삼각관계에 지나치게 잘생긴 '청년'이 등장한다는 점에서 통속극에 가까운 구조(연상의 여자는 연하의 남자가 자신을 십 년이 지나도 사랑할 것인지 확신할 수 없어 불안해한다!)지만 누구나 하는 '사랑 이야기'라 하기엔 시점의 교차, 인물들의 대사, 깔끔한 결론까지 아무나 흉내 낼 수 없는 스토리라인을 보여 준다. 사강은 스물네 살 때 이 소설을 썼다. 등단과 동시에 이미 하나의 신화가 된 젊은 여성이 서른의 마지막(로제는 그보다 나이가 많다)을 이야기한다는 것이 놀랍다. 사랑의 끝을 예감하며 진정한 만족감을 얻지 못하는 여성의 심리, 소유하고 싶지만 완벽히 종속되는 것은 거부하는 남자의 심리를 자유자재로 요리할 줄 아는 사강은 얼마나 매력적인 악마인가.

자신이 늘 혼자라는 사실을 알면서도 "혼자 있어?"라고 묻는 뻔뻔한 남자를 6년 넘게 만나 오면서 폴은 '자유는 곧 고독'이라는 사실을 밤마다 뼈저리게 느끼며 외로워한다. 그러면서도 시몽의 무조건적인 구애를 순수하게 받아들이지 못한다. 로제만을 기다리는 폴.

그녀는 그의 나약함마저 자신의 것인양 감싸 안으려 한다. 현재 폴만을 바라보는 시몽. 그는 그녀에게 자신의 어깨와 시간과 마음을 통째로 내어 준다. 그런 시몽이 폴에게 던진 질문 하나가 바로 "브람스를 좋아하세요..."이다.

　　이 짧은 질문이 그녀에게는 갑자기 거대한 망각 덩어리를, 다시 말해 그녀가 잊고 있던 모든 것, 의도적으로 피하고 있던 모든 질문을 환기시키는 것처럼 여겨졌다.

　타인의 취향을 받아들이는 게 사랑이라면, 또 취향을 깨닫게 해 주는 것도 사랑이다. 하지만 상대방을 (자신의 취향대로) 연주회나 전시회로 이리저리 데리고 다닌다고 해도 바그너를 좋아하던 사람이 브람스를 좋아할 수는 없는 것이다. 그녀는 결국 '자기'라는 말의 전형성 앞에 코웃음 치며 어젯밤까지 안고 있던 다른 여자를 단칼에 버리는 남자를 택한다. '아름다운 슬픔'이 더 이상 성립하지 않은 나이이기 때문에 자신과 같은 남자를 믿어 버리는 것이다. 이렇게 이기적인 로제와 폴의 사랑을 더 굳건히 해 주는 건 스물다섯 살 청년의 '무모한 열정'이다. 시몽이 있었기에 사랑보다 일이 먼저였던 두 사람은 사랑을 위해 한발 물러서는 연극도 보여 준다. 작가는 "당신

은 과연 그를 좋아하는가?"란 유익한 질문을 제시하고, 자신은 현실에서 살포시 모습을 감춘다. '스포츠에 영원한 강자가 없듯이, 사랑에도 영원한 강자는 없다'라는 진실만은 남긴 채.

그녀는 한 번 더 그를 품에 안고 그의 슬픔을 받쳐 주었다. 이제까지 그의 행복을 받쳐 주었던 것처럼. 그녀는 자신은 결코 느낄 수 없을 듯한 아름다운 고통, 아름다운 슬픔, 그토록 격렬한 슬픔을 느끼는 그가 부러웠다.

시몽과 같은 '어린 새'의 도움 없이도 내 사랑은 아직 현재진행형이다. 그를 떠올리면 나도 모르게 폴과 같은 미소를 짓게 되지만, 그의 헌신적인 사랑 앞에서 언제든 '혼자'라는 고독을 준비한다. 그와 함께 저녁을 먹고 싶지만 "미안해. 일 때문에 저녁 식사를 하고 가야 할 것 같아. 혼자 잘 챙겨 먹어"라는 말을 항상 대기해 놓는다. 나 역시 그가 내가 아닌 다른 사람과 약속을 잡거나, 혼자 있고 싶어 할 때 그를 쿨하게 놓아줄 수 있도록 사강 소설들을 카페인과 알코올처럼 복용해 둔다. 그녀의 재기발랄한 소설들 중에서 『브람스를 좋아하세요...』는 시간의 권태, 세월의 주름살 속에서 '어떤 미소'를 잃지 않기 위해서 챙겨 먹는 영양제만큼이나 내게 꼭 필요한 책이다. 사강의

소설을 반복해서 읽는 습관을 버리지 못하는 또 다른 이유는 그녀의
속물주의와 그녀의 격렬한 감정 표현, 그녀의 도박과 알코올에 대한
집착을 어느 정도 닮고 싶어 했던 내 스무 살의 치기에 대한 애도이
기 때문이다.

또 다른 사강 만나기

『사강 탐구하기』
마리 도미니크 르리에브르 지음 | 최정수 옮김 | 소담출판사 | 2012

전기작가 마리 도미니크 르리에브르가 사강의 신화를 재해석한 책
이다. 사강은 에세이를 통해 자신의 감정과 경험들을 솔직하게 풀어
내기도 했지만 전기작가가 밝히는 사강의 또 다른 면을 발견할 수
있어서 읽는 내내 행복했다. (저자는 사강이 육필로 쓴 메모들까지 모두 살
살이 조사했다.) 가령, 『율리시즈』를 끝까지 읽어 내지 못했던 사강의
고백도 들을 수 있다. "어떤 책을 읽어 내지 못할 때, 나는 비교적 긍
정적인 반응을 보여요. 나는 속으로 생각하죠. '아마도 이 책은 아주
훌륭한 책일 거야. 하지만 나와는 맞지 않아. 나는 아무런 부끄러움
도 느끼지 않아." 내 책을 쓰고 있는 지금도, 눈앞에 가장 잘 보이는

책꽂이 가운데에 이 책이 꽂혀 있다. 책은 황당할 정도로 두서가 없다. 그러나 상관없다. 아마 더 엉망이었어도 나는 사서 읽었을 것이다. 사강은 삶이 지루할 때면 카지노에 갔다. 그곳에서 약간의 마리화나를 가지고 플라스틱 칩들이 부딪치는 소리를 들으며 초록색 양탄자에서 새벽과 밤을 지새웠다. 나는 밤마다 '제3세계' 음악을 일부러 찾아듣는다. 알아들을 수 없는 가사와 혼을 빼놓는 멜로디에 취해 잠든다. 그러다 문득, 몽유병 환자처럼 갑자기 일어나 사강의 소설책들을 꺼내 읽는다. 넘어져도 매우 씩씩해 보이는 여주인공들에게 나의 욕망을 비추어 본다. 인생을 그리 심각하게 여기지 않아도 될 것만 같아 안심이 된다. 아직 다 읽지 않아 다행이다. 좋아하는 작가의 숨겨진 텍스트를 발견하는 일만큼 설레는 일도 드물 것이다. 사강 팬이라면 일독을 권해 주고 싶다.

한 여자 *Une Femme*
아니 에르노

가장 가까운 듯
먼 한 여자에게

나는 떠날 수 있기만을 꿈꿨다. 그녀는 내가 루앙의 고등학교에, 나중에는 런던에 가는 걸 막지 않았다. 내가 자신보다는 더 나은 삶을 누릴 수 있다면 어떤 희생이든, 심지어 어머니로서는 가장 큰 희생인 나와 떨어져 지내는 것마저도 감수할 준비가 됨. 그녀의 시선으로부터 멀어지자, 나는 금지당했던 것들의 밑바닥까지 내려가 봤고, 음식들을 잔뜩 먹어 댔고, 그러고는 현기증이 일 때까지 몇 주고 굶어도 보았고, 그러고 나서야 자유롭다는 것을 알게 되었다.

『단순한 열정』,『탐닉』,『집착』의 작가 아니 에르노가 자신의 어머니에 대한 자전적인 내용을 담은 『한 여자』로 돌아왔다. 그녀는 이 책에서 같은 여자라서 더 잘 이해하지만 그래서 더 멀어지고 싶은

'어머니'에 대한 양가적인 감정을 섬세하게 다루고 있다. "나는 그녀의 인형이었다"라고 담담히 고백하는 그녀의 목소리는 아버지가 주인공이었던 『남자의 자리』에서와 달리 조금 신경질적으로 보이기도 한다. 같은 여자로서 어머니를 아버지보다 더 원망했기 때문일까. 엄마처럼 살지는 않을 것이다, 라고 다짐했던 나와 누구처럼······.

그녀의 어머니는 장사를 하는 어머니였다. 아버지가 몸이 허약해진 다음부터는 어머니가 가게 일을 도맡아 했다. '먹고살게 해 주는' 손님들 앞에서 철저히 표정과 감정을 절제했던 어머니는 그녀를 통해 배움에 대한 열망을 추구했다(고 그녀는 적고 있다).

작가는 어머니를 잃고 난 뒤 이 책을 썼다. 그리고 이 책이 "사치"라고 말한다. (아무래도 "사치"란 말은 아니 에르노가 즐겨 쓰는 단어가 아닐까 싶다. 『단순한 열정』에서 그녀는 "한 남자, 혹은 한 여자에게 사랑의 열정을 느끼며 사는 것이 사치가 아닐까"라고 말한다.) 그녀는 시골에서 사는 아버지, 어머니와 달리 도시의 아파트에서 「르몽드」를 읽고 바흐를 듣는 프티부르주아적인 삶을 살면서 홀가분해하기도 했지만 한편으론 항상 자신의 어머니를 떠올리며 안타까워했다.

내가 엄마가 되고,
엄마는 지금의 나로 돌아오고 싶어 한다.
울고 싶다. 만지고 싶다.
기억하고 싶다.

그래서 그녀는 아버지가 돌아가신 후 어머니와 함께 살게 된다. 어머니는 자신의 '돈'을 번다는 자부심을 잃은 후 더 많이 가정일에 간섭을 한다. 그리고 그녀에게 '강의 준비하기', '지식인처럼 행동하기'와 같은 지적인 행위를 요구한다. 여기까지가, 가장 이성적이었던 어머니의 모습이다. 그다음부터는 눈물이 나서 잠시 읽기를 멈췄다.

어머니가 알츠하이머병에 걸린 것이다. 치매 또는 노망이라 부르는 그 병······. 본인보다 주변 사람들을 더 힘들게 한다는 그 병 말이다. 내가 집에 들어가는 동시에 1초도 쉬지 않고 이야기를 하는 '울 엄마'가 생각났다. 오늘 아침엔 내가 화장하는 동안, 옆에 앉아 선물받은 『엄마 딸 여행』을 읽으며 나와 언니와 가고 싶은 곳을 표시하고 있었다. 펜시한 B 사감 돋보기를 쓰고서 말이다. 무엇이든 나에게 물어보고, 친구들의 면면을 이야기하고, 아버지 험담을 하는 엄마. 날이 갈수록 소녀 같아지는 엄마와 달리 혼자 할 수 있는 일이 점점 늘어가면서 나는 더 부모에게서 나를 떼어 내고 싶었다.

여전히, 미치도록 사랑하지만 혼자 있고 싶어질 때가 많다. 엄마는 항상 바쁜 내 등을 보며 말한다. "그래, 넌 할 일이 많겠지." 무채색과 민무늬만을 고집하던 내가 꽃무늬 블라우스와 스커트를 샀던 날 엄마는 놀라워했다.

"너도 나이를 먹었구나. 이런 옷을 다 입고……."

　내가 엄마가 되고, 엄마는 지금의 나로 돌아오고 싶어 한다. 다시 한 번, 자기 자신을 밝힘으로써 독자의 삶과 겹쳐지는 자전을 쓰는 작가, 에르노 때문에 더 많이 길게 쓰고 싶다. 울고 싶다. 만지고 싶다. 기억하고 싶다. 현란한 형용사도, 정교한 형식도, 훔치고 싶은 비유도 없는 이 정직한 글 앞에서 한없이 뜨거워진다.

　그녀는 시몬 드 보부아르보다 일주일 앞서 죽었다. 그녀는 받기보다는 아무에게나 주기를 좋아했다. 글쓰기도 남에게 주는 하나의 방식이 아닐까. 이것은 전기도, 물론 소설도 아니다. 문학과 사회학, 그리고 역사 사이에 존재하는 그 무엇이리라. 어머니의 열망대로 내가 자리를 옮겨 온 이곳, 말과 관념이 지배하는 이 세계에서 스스로의 외로움과 부자연스러움을 덜 느끼자면, 지배당하는 계층에서 태어났고 그 계층에서 탈출하기를 원했던 나의 어머니가 역사가 되어야 했다.

현란한 형용사도, 정교한 형식도,
홈치고 싶은 비유도 없는
이 정직한 글 앞에서 한없이 뜨거워진다.

　내 머리카락을 쓰다듬으며 엄마가 내게 자주 하는 말. "나도 죽기 전에 내 자서전을 써 볼까……. 명색이 작가 엄마니깐." 살아 있는 동안, 그녀와 더 많은 역사를 만들어야겠다. 내가 태어난 세계와의 마지막 연결 고리를 잃어버리기 전에…….

자전에 새로운 정의를 부여했던 아니 에르노의 문장들

내면적인 것은 여전히, 그리고 항상 사회적이다. 왜냐하면 하나의 순수한 자아에 타인들, 법, 역사가 존재하지 않는다는 것은 상상할 수 없기 때문이다.

일기에는, 내면적인 것이든 외면적인 것이든, 혹은 글쓰기에 관한 것이든 내 어머니를 방문하는 일에 관한 것이든, 그 내용의 다양성을 초월하여 그것들을 하나로 묶어주는 것이 있습니다. 바로 시제의 현재성이죠. 내가 일기에 쓰는 것은 그것이 무엇이든 간에, 현재 진행 중인 것을 포착하는 것이라고 할 수 있습니다.

_『칼 같은 글 쓰기』 중에서

나는 아버지의 말과 행동과 취향, 그의 생애의 주요 사건들, 나도 함께한 바 있는 그 삶의 모든 객관적 표징을 모아볼 것이다. 추억을 시적으로 꾸미는 일도, 내 행복에 들떠 그의 삶을 비웃는 일도 있어서는 안 될 것이다. 지금 자연스럽게 떠오르는 것은 단순하고도 꾸밈 없는 글이다.　　　　　　　　　　_『남자의 자리』 중에서

연인 *L'amant*
마르그리트 뒤라스

슬픔만 보여서
슬픔을 사랑하게 되었어요

나는 내 가족들에 대해 많이 썼다. 하지만 그렇게 쓰는 동안에도 그들, 나의 어머니와 오빠들은 살아가고 있었다. 나는 그들 주위에서, 다가가지 않고서 그 사물 같은 인간들 주변에서 글을 썼다.

아주 일찍부터 늙어 버렸다는 생각이 들 때, 또래와 더 이상 소통할 수 없을 것 같다는 오만이 고개를 들 때 나는 마르그리트 뒤라스의 자전적 소설 『연인』을 읽는다. 아니 에르노와는 또 다른 소설적 재미가 있다. 달리 말하면, 서사가 있다. 여러 시공간을 넘나드는 소설이라 파도를 타듯 작가의 속도에 몸을 맡기면 된다. 챙이 넓고 커다란 검은 리본이 달린 장밋빛 모자를 쓰고 메콩 강을 건너는 한 소녀는 어쩌다 고통을 장식품처럼 달고 살게 되었을까. 나는 어쩌다 폭 나이 든 여자처럼 이 소녀를 추억하게 되었을까.

아주 어린 나이에 이미 얼굴에서 중년 여인의 기운이 느껴지는 소녀가 글을 쓴다. 어릴 때부터 가난, 죽음, 마약, 폭력에 찌들었던 소녀는 절망에서 피어난 '미美'의 가치를 믿는다. 이 소녀는 누더기 원피스에 남성용 모자와 벨트를 하고, 옷에 어울리지 않는 화려한 구두를 신고도 자신이 잘 꾸민 부잣집 여자보다 예쁘다는 걸 안다. "절망에 완전히 절망해 버린 어머니를 지켜볼 수 있는 행운을 지녔다"고 자조할 줄도 안다. 모든 것의 부재를 통해 그녀는 "절대의 창조자와도 같은 힘을 지니게 된 것이다". 그리고 이제 실제로 늙어 버린 소녀는 글을 통해 자신의 애늙은이 시절을 회상한다.

열다섯 살 반. 날씬한, 오히려 연약하다고 할 수 있는 육체. 어린 젖가슴, 연한 분홍빛 분과 루주를 바른 얼굴. 거기에다 웃음을 자아내는, 그러나 실제로는 아무도 웃지 않는 그 옷차림. 모든 것이 거기에 있고 아직 아무 일도 일어나지 않았다. 그것이 내 눈 안에 들어온다. 모든 것이 내 눈 안에 들어온다. 나는 글을 쓰고 싶다. 이미 어머니에게 그런 소망을 얘기했다. 저는 글을 쓰고 싶어요. 처음에

는 아무런 대답이 없었다. 이윽고 어머니가 물었다. 뭘 쓰겠다는
거니? 나는 책들, 소설들이라고 말했다. 그녀는 퉁명스럽게 말했
다. 수학 교사 자격증부터 따고 나서 정 원하면 쓰려무나. 난 그따
위 일에 관심 없다. 어머니는 반대했다. 그건 가치도 없고, 직업이
라고도 할 수 없으니, 일종의 허세에 불과해.

　마르그리트 뒤라스는 노년에 찾아온 알코올 중독과 간 경화의 고
통을 이겨 내고 1984년 『연인』을 발표했다. 그녀는 이 작품으로 공
쿠르상을 받았다. 1995년 『이게 다예요』를 마지막으로 우리 곁을 떠
난 뒤라스의 글쓰기에 대한 절절한 열정은 『연인』 속 소녀의 욕망과
닮았다.

　나는 책을 쓸 것이다. 바로 이것이 내가 이 순간 너머로, 끝없는 사
　막에서 보는 것이다. 그것은 나머지 나의 생의 범위가 보여 주는
　것과 같은 다양한 모습으로 떠오른다.

　그녀는 어머니의 큰오빠에 대한 집착으로 인해 소외감을 느낀다.
그의 죽음을 기도할 정도로 그를 증오한다. 어머니는 그녀의 '글쓰
기'를 질투한다. 어머니는 그녀의 젊음을, 그녀의 첫 데이트를, 그녀

끝을 알고 시작한 사랑은,

그래서 더 슬프고 완벽하다.

박제된 아름다움이라고 할 수 있다.

의 지성을 못마땅하게 생각한다. 몸치장을 할 줄 아는 딸을 자랑스 럽게 생각하기는 한다. 곧 돈벌이를 할 수 있을 테니까. 어머니의 피 속에는 광기가 흘렀다. 작은오빠가 기관지 폐렴으로 죽은 후, 그녀 는 어머니 곁을 떠난다.

그녀는 검정 리무진을 탄 부자 남자를 나룻배 위에서 처음 만났다. 그는 파리에서 공부하고 온 중국인이었다. 그는 날마다 그녀를 학 교에 데려가고, 수업이 끝나면 기숙사에 데려다 주었다. 그는 그녀 를 미친 사람처럼 사랑하고 있다고 말한다. 그녀가 그에게 말한다. "당신이 날 사랑하지 않는다면 더 좋겠어요. 날 사랑한다 해도, 당 신이 습관적으로 다른 여자들에게 하는 것처럼 대해 주세요." 이제 모든 것이 그녀에게 달려 있을 뿐이다. 그녀가 그의 노예인지, 그 가 그녀의 그것인지 구분이 가지 않는다.

그들이 밀애를 나누는 시내의 남쪽에 있는 독신자 아파트. 언제 어디서나 볼 수 있는 그런 흔한 장소에서 그들은 사랑을 나누고 또 나눈다. 그는 그녀가 돈 때문에 자신을 원한다는 것을 안다. 그녀는 자신에게 슬픔만이 연인이 될 자격이 있다고 말한다. 자신의 꿈은 모두 가난과 어머니가 먹어 버렸다고. 그는 그녀의 '부끄러운' 가족

들에게 식사 대접도 한다. 그녀의 차분한 독백 속에서 나도 서서히
지쳐 간다. 큰오빠를 소리 소문 없이 없애고 싶다.

우리 집에는 잔치도, 크리스마스트리도, 수놓은 손수건도, 꽃도 없
었다. 그뿐 아니라 죽은 사람도, 묘지도, 그와 관련된 기억도 없다.
오직 어머니만이 유일하게 존재한다. 큰오빠는 영원히 살인자로
남을 것이고, 작은오빠는 큰오빠로 인해 영원히 죽은 자로 남을 것
이다. 나는 떠났고, 그들에게서 빠져나왔다. 죽을 때까지 큰오빠는
어머니를 독차지했다.

얼마 전 이 소설을 더 잘 이해하고 싶어서 영화 「연인」을 다시 봤
다. 소음이 가득한 거리에 위치한 그들만의 방, 죽어 있는 화분, 항구
앞에 말없이 서 있던 검은 승용차……. 어릴 때는 시커먼 중국인 청
년(각진 얼굴 때문에 더 정이 안 갔다)과 백인 소녀(한 송이 딸기 같은 제
인 마치……)의 사랑이 징그럽기만 했는데, 이제는 애틋하게 느껴진
다. 서로 기댈 곳 없는 두 영혼이 만나 나누는 것이라고는 체액밖에
없었지만 그들은 분명 '연인'이었다.

우리는 독신자 아파트로 돌아온다.

우리는 연인이다.

우리는 사랑하지 않고는 도저히 견딜 수가 없다.

끝을 알고 시작한 사랑은, 그래서 더 슬프고 완벽하다. 박제된 아름다움이라고 할 수 있다. 안타까운 결말이 기다리고 있을 것 같은 두 사람을 보니 갑자기 이런 생각이 든다. 불우한 사람들은 몸보다 마음이 먼저 늙는다는 것. 눈앞에 놓인 것은 고통과 슬픔뿐이라, 결국 그것들을 강렬하게 사랑하게 되었다는 것. 비유의 비약일지도 모르지만, 백화점의 값비싼 물건을 가장 많이 사는 부류 중 하나는 백화점 직원들이다. 매일 수십 개, 수백 개의 물건을 여덟 시간이 넘게 쳐다보고 있으면 그것들을 사고 싶어진다. 손님을 사랑할 수는 없으니, 말없이 항상 같은 장소에 있는 물건을 사랑하는 수밖에.

그녀는 어머니의 기지로 기숙사에 퍼진 자신을 둘러싼 추문(매춘을 한다는 소문)에서 벗어난다. 어머니가 유일하게 잘한 일 중 하나다. 어머니는 말한다. "이 구역의 모든 남자들이 딸애의 주위를 뱅뱅 맴돌고 있지요. 그들은 이 어린것에게서, 아직 딱 꼬집어 말할 수 없는 무엇인가를 기대하고 있어요. 보세요. 아직도 어린아이예요." 그녀가 덧붙이는 말 한마디가 이 책의 모든 것을 말해 주는 것 같다.

"아무것도 모르는 제가 어떻게 몸을 버릴 수 있겠어요?"

그렇다. 그녀는 너무나 어려서 몸을 버릴 수도 없었다. 그와 그
녀는 각자 다른 사람과 미래를 공유하며 살아가겠지만, 시끄러운
콜랑의 독신자 아파트만을 기억하며 살 것이다. 소음으로 바깥과
안이 선명하게 구별되던 그 어두컴컴하고 축축한 곳에 자신들의
영혼을 남겨둔 채, 이미 늙어 버린 육체를 아무에게나 던져 버렸
을 것이다.

끝내기 위해서는 시작해야만 한다. 끝날 줄 알면서도 시작해야만
한다. 그리하여 사랑은 어느날 수리된다.

_안현미, 『사랑은 어느날 수리된다』 중에서

마르그리트 뒤라스의 마지막 작품
『이게 다예요』

뒤라스가 죽기 1년 전인 1995년에 발표한 작품으로, 15년간 함께한 서른다섯 살 연하의 연인 얀 앙드레아를 생각하며 쓴 글들을 모았다. 단문으로 되어 있는 이 날선 책은 뒤라스의 마지막 유산이다. 읽을 때마다 새로운 문장을 발견하게 된다. 고종석 선생님의 아름다운 번역문으로 만날 수 있다.

4월 13일

일생 동안 나는 썼지.

얼간이처럼, 나는 그 짓을 했어.

그렇게 되는 것도 또한 나쁘지 않아.

나는 결코 거드름 부리지 않았지.

일생 동안 쓰는 것, 그게 쓰는 것을 가르치지.

그렇다고 아무것도 면해지지는 않아.

자기 앞의 생 *La vie devant soi*
로맹 가리

사람이 사랑 없이
살 수 있어요?

그들은 말했다. / "넌 네가 사랑하는 그 사람 때문에 미친 거야." /
나는 대답했다. / "미친 사람들만이 생의 맛을 알 수 있어."

_아피, 라우드 알 라야힌

칸쿤, 댈러스, 나리타 공항을 거쳐 장장 열여섯 시간을 날아와 다
시 내 집 책상 위에 앉았다. 멕시코 칸쿤에는 거친 파도가 치는 포카
리 스웨트 빛깔을 그대로 담은 파랑색의 카리브해, 넘쳐 나는 술과
나초, 세계에서 가장 맛있다는 사탕수수가 들어간 코카콜라가 있었
다. 내가 끔찍이 좋아하는 태양은 적도의 나라답게 다른 어느 곳보
다도 뜨겁고 오래 떠 있었다. 총 두 번의 스노클링과 한 번의 스쿠버

다이빙, 패러세일링을 했다. 엑티비티가 많은 편인 관광지에서 비교적 조용하게 해변과 리조트 안 수영장을 즐기다 왔다. 모두 읽을 책이 있어서, 읽고 싶은 책이 있어서 가능했던 휴식의 시간이었다.

다른 여행과 달리 종이책 한 권도 없이, 아이패드 하나 달랑 들고 떠났다. (노트북은 결국 짐만 되었다.) 읽어야 할 수없이 많은 책들 중에서 평소에 이상하게 집중할 수 없었던 『자기 앞의 생』을 선베드에 누워서 혹은 이동하는 차 안에서 읽었다. 햇살이 따가워 항상 선글라스를 끼고 있었는데, 그 시커먼 배경이 오히려 이 책의 가독성을 높여 주었다. 모모와 하밀 할아버지, 로자 아줌마를 칸쿤의 생동감 넘치는 바다 추억과 함께 바삐 돌아가는 서울 한복판으로 데려온다. 숨통이 조금 트이는 것 같다.

'모모'로 불리는 모하메드는 (여러 창녀의 자식을 데리고 사는) 로자 아줌마에게 입양된 아이다. 로자 아줌마는 모모를 돌봐 주는 대가로 누군가에게 돈을 지원받고 있지만, 지원금이 끊겨도 모모를 내치지 않는다. 그녀와 모모 사이에는 공통점이 있었다. 그들 곁엔 아무것도, 아무도 없었다. 그나마 모모 곁에 있었던 양탄자 장수로 유명한 하밀 할아버지는 김애란의 소설 『두근두근 내 인생』의 장씨 할아버지처럼 현자 같은 말을 많이 내뱉는다. 가령 다음과 같은 말들을 툭툭 던진다.

"완전히 희거나 검은 것은 없단다. 흰색은 흔히 그 안에 검은색을 숨기고 있고, 검은색은 흰색을 포함하고 있는 거지." 그리고 그는 박하차를 가져다주는 드리스 씨를 바라보면서 이렇게 덧붙였다. "오래 산 경험에서 나온 말이란다." 하밀 할아버지는 위대한 분이었다. 다만, 주변 상황이 그것을 허락하지 않았을 뿐.

모모는 언제나 간절히 행복을 꿈꾸지만, "어차피 녀석은 내 편이 아니니까 난 신경도 안 쓴다"라는 식으로 웃어넘길 줄 아는 소년이다. 행복을 멀리 떨어뜨려 놓고 바라볼 줄 아는 아이다. 읽으면 읽을수록 이 책이 왜 숨 막히는 도시에선 읽히지 않았는지 그 이유를 알 것 같았다. 여백이 많은 책이고, 한 문장을 지나 한 챕터 한 챕터를 넘길 때마다 자주 멈췄다. 로자 아줌마를 향한 모모의 마음이 많은 것을 떠올리게 했다. 사람 냄새가 진하게 배어 있는 소설이다.

"모모야, 넌 내가 없으면 어떻게 될 거 같니?"
"난 아무것도 안 될 거예요. 아직 생각도 안 해봤어요."

"모모야 넌 착하고 예쁜 아이다. 그게 탈이야. 조심해야 해. 내게 약
속해라. 넌 절대로 엉덩이로 벌어먹고 살지 않겠다고."

　모모는 세상에서 가장 힘센 경찰과 포주가 되어서 로자 아줌마처
럼 힘없고 늙은 창녀들을 보살피고 평등하게 대해 줄 것이라고 다짐
한다. "엘리베이터도 없는 칠층 아파트에서 버려진 채 울고 있는 늙
은 창녀가 다시는 없도록" 하겠다고. 모모와 로자 아줌마가 사는 칠
층 아파트엔 다양한 소수자들이 산다. 여장 남자인 롤라 아줌마(그
녀도 창녀이다), 은퇴한 철도청 직원 샤르메트 할아버지, 이삿짐을 운
반하는 자움 씨네 네 형제들 모두 늙어서 서서히 죽어 가는 로자 아
줌마를 각자의 방식으로 돕는다.

　모모는 주변에 노인들이 많기 때문에 신과 죽음에 대해 자주 생각
한다. 모모에게 신 얘기는 사실 좀 지겨웠다. 모모는 신은 언제나 남들
을 위해서만 존재한다고 생각한다. 간절히 바랄수록 멀어지는 행복처
럼 말이다. 노인들도 청년들과 똑같이 느끼는데 자신들이 더 이상 돈
벌이를 하지 못한다는 사실 때문에 더 민감하게 고통 받는다는 것을
아는 아이. 모모는 나이를 모르는 아이다. 나이가 필요 없는 아이이기
도 하다. 주치의인 카츠 선생님에게 모모는 당돌하게 다음과 같이 말

한다. "선생님, 내 오랜 경험에 비춰 보건대 사람이 무얼 하기에 너무 어린 경우는 절대 없어요." 이 아이는 주변이 온통 슬픔이라 슬픔을 찾아다닐 필요도 없다. 끔찍했던 일들도, 일단 입 밖에 내고 나면 별것 아닌 것이 된다는 것도 알기에 더 많은 이야기를 쏟아 낸다.

> "난 선생님의 아이가 아니에요. 나는 아이가 아니라구요. 나는 창녀의 아들이고, 내 아버지는 내 엄마를 죽였어요. 그런 걸 알면, 모르는 게 없는 것이고, 더 이상 아이가 아니잖아요."

로자 아줌마는 치매 상태를 지나, 뇌사 상태가 되어 자신의 집 소파 위에 덩그러니 놓여 있다. 하밀 할아버지는 정신이 오락가락해서 모모를 자신이 좋아하는 작가 '빅토르(빅토르 위고)'라고 부른다. 노인들은 점점 기억을 잃어 간다. 그러나 사람은 어쨌든 살아야 하기 때문에 살아간다.

쓸모가 없는 사람이 되어 가는 일처럼 슬픈 일이 있을까. 우리는 각자 부족한 부분을 타인을 통해 채운다. 남편은 길치인 나를 위해 살아 있는 내비게이션이 되어 주고, 나는 멀티태스킹이 불가능한 남편을 위해 여러 가지 일을 동시에 처리해 준다. 우리도 사람인지라,

아이는 주변이 온통 슬픔이라
슬픔을 찾아다닐 필요도 없다. 끔찍했던 일들도,
일단 입 밖에 내고 나면 별것 아닌 것이
된다는 것도 알기에 더 많은 이야기를 쏟아 낸다.

가끔 내비게이션이 고장 나고 멀티태스킹이 작동하지 않을 때가 있다. 그러면 큰 혼란이 오는데, 갑자기 자신이 쓸모없는 사람이 된 것 같아 우울해지기도 하고 말다툼을 할 때도 있다. 만약 매일 그런 일이 반복된다면 얼마나 죽고 싶어질까.

모모는 마치 한 번도 어렸던 적이 없었던 것처럼 죽음을 처음부터 끝까지 끌어안고 살아간다. 그만큼 모모에게 죽음은 별것 아닌 일이다. 그저 삶이 있으면 죽음이 반드시 있다는 것을 매일 생각하고 살아갈 뿐이다. 모모는 로자 아줌마가 병원으로 보내지고, 자신은 빈민구제소에 보내지지 않도록 최선을 다한다. 모모는 "엄마 뱃속에 있는 아기에게는 가능한 안락사가 왜 노인에게는 금지되어 있는지" 정말 이해할 수 없다고 말한다. 로자 아줌마는 안락사를 간절히 원하지만 아무도 허락하지 않는다. 작가는 죽는 순간까지 예쁘게 보이고 싶어 하는 여자의 심리도 놓치지 않는다.

모모는 하밀 할아버지의 말을 빌려, 사람은 사랑할 사람 없이는 살 수 없다고 강조한다. 살아 있는 사람에게서는 냄새가 나지 않는다. 죽은 이들은 사람들의 주목을 받기 위해서 그렇게 악취를 풍기는지도 모른다. 끝나도 끝나지 않는 소설. '에밀 아자르'란 필명으로『자

기 앞의 생』을 발표했던 로맹 가리는 가명이 주는 익명성을 충분히
즐겼다. "로맹 가리가 이런 글을 쓸 리가 없어"란 의견들을 마음껏 비
웃었다. 그는 이 작품으로 1975년 공쿠르상을 수상했다. (그는 이미
'로맹 가리'라는 이름으로 출간된『하늘의 뿌리』로 1956년 공쿠르상을 받
았다. 이례적으로 동일 인물이 공쿠르상을 두 번 수상하게 된 것이다.)

　　문학세계에 혜성처럼 나타난 오촌 조카 에밀 아자르를 약간 질투
　　하고 조금은 슬퍼하고 있는 로맹 가리가 불쌍하다는 말들이 사교
　　계의 저녁식사 자리에서 흘러나와 내 귀로 들어오기 시작했을 때,
　　『이 선 너머에서는 당신의 티켓은 유효하지 않습니다』에서 나 자
　　신의 쇠퇴를 고백하게 되고⋯⋯ 나는 그것들을 무척 즐겼다. 안녕.
　　그리고 감사한다.　　　　　　　　　　_1979년 3월 21일 로맹가리

　아직 읽지 않은 그의 소설이 많이 남아 있어서 다행이다.

여행 중 독서 BGM

Dirty Paws　오브 몬스터즈 앤드 맨

내게
영감을 주는
당신

한낮인데 어두운 방眞晝なのに昏い部屋
에쿠니 가오리

．
．

필드 워크 하러
나가는 거 어때요?

　　　　　　　　　　회사를 관두고 대개는 집에 있거나,
글을 쓰기 위해 카페나 작업실에 간다. 사람을 만나기로 한 날이면
오전부터 후회한다. 그냥 집에 있고 싶다……. 그래도 선약이니 화
장도 하고 옷도 날씨에 맞춰 챙겨 입고 축 처진 어깨로 나간다. 그런
데 일단 나오면, 걸어서 좋고 바람도 선선하게 부는 날엔 일부러 더
걷다 들어온다. 걷는 게 좋다. 물을 좋아해서 사람이 없는 시간에 수
영할 때도 좋지만 내 발로 밖을 관찰하며 걷는 행위, 즉 필드 워크field
work는 내가 제일 좋아하는 취미다. 이런 취미도 살릴 겸, 날 좋은 오
늘은 에쿠니 가오리 소설책을 한 권 들고 동네 산책을 나왔다. 반바
지, 반팔 차림의 에너지 넘치는 대학생 무리를 지나쳐 한적한 대학

병원 쪽 벤치에 자리 잡고 앉았다.

　『반짝반짝 빛나는』과 『냉정과 열정사이』를 읽고 반했던 에쿠니 가오리 작품들은 『홀리가든』을 끝으로 손도 대지 않았다. 그런데 무슨 바람이 불었는지 『한낮인데 어두운 방』이란 소설은 무척이나 읽고 싶어서, 퇴근하자마자 서점에 가서 망설임 없이 사서 읽었다. 아마도 "아, 두근거려서 혼났네"란 카피에 마음이 동했던 듯싶다. 편집하는 책 이외에 어떤 책에도 집중할 수 없던 시절이었음에도 불구하고 이 소설은 쉬지 않고 끝까지 쭉 읽었다. 긴 글을 블로그에 남기기도 했지만, 제대로 필드 워크를 즐기고 있는 요즘 다시 이 소설을 제대로 읽고 싶어졌다.

　에쿠니 가오리. 이제 하루키만큼 소비해 버린 작가란 생각이 들어 멀리했지만 다시 읽으니, 옛 친구를 만난 듯 반갑고 익숙해서 좋았다. 말도 행동도 느리고, 집안일을 꼼꼼히 하는 천생 여자인 캐릭터를 내세워 불륜을 저지르고, 부도덕도 사랑이라고 주장하는 스토리임에도 불구하고, 그녀의 소설에는 포기하지 않고 읽게 되는 묘한 분위기가 흘러넘친다. 특히 일상을 문장 안에 예쁘게 담아내는 능력은 여전하다.

미야코 씨는 세면대를 닦으며 존스 씨를 생각합니다. 필드 워크에
나선 이후, 정신을 차려보면 어느새 그 생각에 빠져 있는 겁니다.
존스 씨가 마치 자신의 거리인 양 길을 안내해주었던 것, 하늘이며
길이며 집들이 모두 평소와 다르게 보였던 것, 고작 한 시간이었는
데도 뭔가 여행 같았던 것.

　여기, 마치 군함과도 같은 넓은 집에서 하루도 빠짐없이 아침을
차리고 화분에 물을 주고, 정성스럽게 청소하고, 수를 놓고 저녁을
준비하는 미야코 씨가 있다. 그녀의 남편 히로시 씨는 집에 돌아오
자마자 밥부터 찾고 텔레비전을 보거나 신문을 보는 등 한국 남자들
이 주로 행하는 '무뚝뚝한 남편'의 전형성을 보여 준다. 그에 반해, 미
야코 씨를 집 밖으로 이끄는 요주의 인물인 존스 씨는 나이는 오십
에 가깝지만 세련된 옷차림에 섬세한 대화법을 구사하는 미국인이
다. 그는 이곳저곳을 자유롭게 여행하다가, 비교적 '살기 편한' 일본
에 정착해서 대학에서 강의를 하고 있다. 본국에는 별거 중인 아내
와 아들도 있는 남자이다.

　그는 집 안에만 있는 작은 새, 미야코에게 필드 워크를 제안한다.
필드 워크는 말 그대로 무작정 걷는 산책을 말하는 것이다. 특별할

제대로 필드 워크를
즐기고 있는 요즘
다시 이 소설을
제대로 읽고 싶어졌다.

것 없는 인물에 특별한 사건이 없는 스토리인데, 이 책은 장마철이
나 추운 겨울에 어느 한곳에 처박혀서 읽기에 너무나 좋은 무드 소
설이라는 것이 함정이다. "둘이 같은 장소로 돌아가는 부부"라는 것
에 대해 생각해 볼 수 있는 소설이기도 하다. 역자가 강조했듯이 결
말은 좀 섬뜩(!)하기까지 한 진실이 숨겨져 있다. 역시 남자들에겐
예쁜 여자보다 '새로운 여자'가 최고일까? 남편에게 물어보니 딴청
만 피운다. 모든 것이 의문투성이지만 나이브한 무드에 취해 가오리
상에게 편지까지 쓰고 싶어졌다.

미야코 씨에게는 히로시 씨에게 이야기하는 것이 중요한 일이었
습니다. 나란 사람, 보고 못 해 죽은 귀신이라도 썼었나? 미야코 씨
는 생각합니다. 목욕탕 이용료가 450엔이었던 것, 배경 그림이 서
양풍이었던 것, 자세하게 이야기하면 할수록 마음이 놓였습니다.
마치 낮 동안의 자신을, 밤이 되어 히로시 씨가 지켜봐주는 느낌이
었습니다.

세상에, 이런 청승도 없다. 그러나 '불륜녀' 미야코 씨는 끝까지 우
아하다. 드라마 「밀회」의 김희애만큼 당당하다. 아마도 사랑을 통해
한 인간으로 성장했기 때문이리라. 곁에 있는 사람이 내 어깨를 붙

잡고 "제발, 내 말 좀 들어 봐" 하고 하소연하기 전에 그 사람의 말에
귀를 기울여 보자고 타이르는 소설이었다. 그래야 뒤통수를 맞고도
그 상황을 모면할 여유를 찾을 수 있다고……. 이 소설의 핵심은 어
쩌면 히로시 씨에게 있는지도 모른다. 이기적인 신사, 존스 씨가 아
니고.

　에쿠니 가오리가 언제부턴가 '불륜'을 빼놓고는 소설을 쓰지 않고
있지만 그건 하루키가 홀로 떠나는 여행과 수영, 치노 팬츠, 클래식
음악을 빼먹지 않듯이, 제인 오스틴이 아빠 이야기를 빼먹지 않듯
이, 알랭 드 보통이 '보통의 행복'을 빼먹지 않듯이, 그녀는 주부의 일
탈을 자주 다루는 것뿐이다. 모든 작가들은 자신이 꽂힌 한 가지 스
타일을 반복해서 재생산하는 걸 즐기는 것 같다.

　내가 누구인지, 내가 무슨 말을 하고 싶어 하는지 알면서도 전혀
　상관하지 않는 것, 그게 바로 스타일이다.　_고어 바이덜Gore Vidal

　평소 자의식이 강하다고 믿는 나도, 사실 사람들이 가장 좋아하
는 주제와 문장이 무엇인지 끊임없이 연구하고 글 속에 담아내기 위
해 자의식 따위 접어 둘 때가 많다. 에쿠니 가오리도 분명, 자의식보

다는 작가 의식에 집중하는 작가일 것이다. 그녀의 다음 소설이 기다려진다. 신선한 밤공기를 들이마시며 집에 돌아가, 굴소스를 넣고 볶음밥을 해 먹을 생각을 하니 벌써부터 침이 고인다. 동네 친구 하나 만들어 볼까, 하는 위험한 상상도 하면서 걷다 보니 익숙한 집 앞이다. 아, 정말 근사한 필드 워크였다.

필드 워크 할 때 들으면 좋은 음악

Keep On Dancing 파로브 스텔라
Touch 다프트 펑크

데미지*Damage*
조세핀 하트

□
■

고통이 없어,
고통을 만들어 냈던 당신에게

인생과 예술을 바꾸어놓는 열정은 나와는 거리가 먼 것 같았다. 하지만 핵심들만 모아보면 내 삶은 훌륭한 공연이었다.

제레미 아이언스와 줄리엣 비노쉬의 1992년작 영화로 기억되는 작품, 『데미지』. 이 작품의 원작을 읽어 볼 생각은 전혀 하지 않았는데, 지인의 소개로 이 아름다운 책을 만났다. 흰 종이에 찍힌 '성공한 정치인'이자 '완벽한 남편, 아버지'인 스티븐의 활자는 영화보다 서늘하다. 그 서늘함은 여러 번 읽던 것을 멈추고 한숨 짓게 만든다.

소설은 "나는 50세 되는 해에 죽지 않았다. 현재 나를 아는 사람은 누구나 그것을 비극으로 여긴다"라고 고백하는 한 남자의 독백으로 시작한다. 아들의 연인과 사랑에 빠진 한 정신과 의사의 파멸을 다루고 있는데, 90년대 초반의 정서상 다분히 불순했던 소재로 국내 개봉이 늦춰지고 에로틱 소설의 대명사로 불리게 되었다.

　우아한 아내, 잘 자라 준 두 아이, 부유한 생활, 안전한 가정……. "불행이나 무시무시한 불안 따위는 모르는 사람들다운 평온과 행복"을 누리며 살아온 그에게 이미 부서질 대로 부서진 안나와의 만남은 그동안의 인생이 '가짜'였다는 것을 확인시켜 주는 계기가 된다. 여기서 잠깐, 저자 조세핀 하트의 이력을 통해 소설의 줄거리를 살펴보면 더욱 흥미롭다. 편집자였던 그녀는 영국 광고업계의 거물이자 마거릿 대처 총리의 공보 담당이었던 모리스 사치(사치 앤드 사치Saatchi & Saatchi의 그 사치다)와 결혼했고, 두 자녀를 두었다. 왠지 스티븐이란 인물을 통해 그녀가 자신의 욕망을 투영한 건 아닌지 생각해 보게 된다.

　다시 소설로 돌아와, 아버지도 부자(유명한 사업가), 장인은 더 부자(정치인)인 주인공의 인생은 사실 안나를 만나기 전에 이미 죽어 있었는지도 모른다. 이는 소설 곳곳에 그가 자신에 대해 냉소적으로 내뱉는 말들에서 충분히 유추해 볼 수 있다.

　고통과 불행은 그의 삶에 끼어들 생각조차 못했다. 그래서 그는 고통 그 자체인 안나를 받아들이고 갈망한다. 마치 슬픔이 없어 슬픔을 만들어 내는 사람처럼 자신의 삶이 산산조각날 줄 알면서도 그녀를 포기하지 못한다. 타인의 시선에서 자유롭지 못하고 수동적인 그와 달리 자유분방했던 아들 마틴은 안나가 다른 남자를 만나는 것도 인정해 준다. 자신의 오빠를 자살로 이끌고, 이미 한 남자와 결혼까지 약속했던 여자의 과거는 마틴에게 장애물이 되지 않는다.

　어릴 적 파격적인 정사 신으로 기억되는 영화의 원작은, 이렇게 두 남녀의 성장을 여러 측면에서 짜 맞추고 있었다. 소설은 짧은 분량의 스티븐의 독백으로 한 장면씩 채워지고, 안나는 팜므 파탈의 전형적인 코스를 밟아 간다.

　스티븐은 안나와의 첫 만남에서 여행지에서 문득 모국어를 들은 여행자가 된 기분이 들었다고 회상한다. 의사에서 정치인으로, 모든 것은 자신의 의지가 아닌 타인의 비호 아래 이루어진 것이라 믿는 그. 이 모든 것을 바꾸는 찰나의 경험으로 그는 열어 보지 말았어야 할 편지를 읽은 셈이다. 『데미지』는 기승전결이 완전한 소설로 세련

되고 지적이다. 출간된 지 십 년이 넘은 작품이지만 '안나'란 인물과 아들의 연인과 사랑에 빠지는 정치인의 자학은 여전히 신선하다.

"지나치게 질서정연했어요. 혼돈과 열정이 부족했죠." 마치 입술만 달싹대는 것처럼 마틴의 얼굴에 변화가 없었다. 담담한 말투였다. 사람들이 내면의 고통을 드러내는 가장 흔한 방식이다. 꾹꾹 누르려고 애쓰다 보면 말의 색깔과 얼굴 표정이 없어진다.

아들 마틴과 경쟁자가 된 질서 정연함의 대명사였던 아버지는 결국, 아들의 혼돈 그 자체가 된다. 안나는 눈앞이 안 보이게 만드는 일종의 플래시 불빛과 같은 여자다. 갑작스런 자동차 사고의 원인처럼 치명적인 결과를 낳는다. 줄리엣 비노쉬의 짧고 검은 머리카락, 텅 빈 눈, 하얀 몸에서 뿜어져 나오던 차가운 아름다움이 안나 역으로 얼마나 잘 어울렸던가. 이 소설의 백미는 안나가 스티븐에게 보내는 편지에 있다.

내 사연을 당신에게 보고하는 데 고작 하룻밤밖에 걸리지 않았네요. 사는 데는 33년이 걸렸고요. 그 일상성은 모두 사라졌고 다른 것들도 사라져버렸지요. 그러나 애스턴의 몇 쪽 안 되는 인생도 마

찬가지고요! 당신의 삶에서 내게는 몇 쪽이나 할애되나요? 누구의 인생사든 한두 개의 기사거리가 될 수 있겠지요. 전기작가가 몇 년간 조사를 하면 책 한 권이 나올 테고, 독자는 2, 3주면 그 책을 다 읽을 수 있어요.

그녀의 고백대로, 가끔 우리에게는 과거의 지도가 필요하다. 그 지도는 우리가 현재를 이해하고 미래를 계획하도록 도와준다. 내 과거의 지도엔 파격적인 불행도 치명적인 불안도 없다. 그저 나에게만 특별한 내 과거는 나의 남편에게만 중요할 것이다. 나의 아버지와 어머니. 그들이 서로에게 등을 돌린 후, 새로운 인생이 펼쳐졌다.

독서도, 글쓰기도, 남의 시선에 대한 무관심도 모두 그날 밤 아버

지의 눈물에서 시작되었다. 내 과거의 지도에 빨간 딱지는 모두 거기에 있다. 그 후에 벌어졌던 일상의 잦은 소란은 그저 스쳐 지나가는 바람이었을 뿐 눈물 한 방울 나지 않았다. 아직도 아버지와의 대화는 형식적인 인사밖에 없다. 주제넘은 말일 수도 있겠지만 문득, 안나를 이해할 수 있을 것만 같다는 생각을 해 본다. 그래야 이 꼭지를 완성할 수 있을 것이다. 안나의 편지를 반복해서 읽으며 나도 나름의 고통을 갖고 있다고 믿고 싶다.

우리에게는 고통이 필요했어요.

당신이 갈구한 것은 내 고통이었어요.

당신은 믿지 않겠지만, 당신의 허기는 충분히 채워졌어요.

이제 당신은 나름의 고통을 갖고 있다는 것을 명심하세요.

그것이 '모든 것, 언제나'가 될 거예요.

살인자의 기억법
김영하

지금의 내가,
내가 알던 그 내가 맞던가

나는 꽤 오래 시 강좌를 들었다. 강의가 실망스러우면 죽여 버리려고 했지만 다행히 꽤나 흥미로웠다. 강사는 여러 번 나를 웃겼고 내가 쓴 시를 두 번이나 칭찬했다. 그래서 살려주었다. 그때부터 덤으로 사는 인생인 줄은 여태 모르고 있겠지? 얼마 전에 읽은 그의 근작 시집은 실망스러웠다. 그때 그냥 묻어버릴걸 그랬나. 나 같은 천재적인 살인자도 살인을 그만두는데 그 정도 재능으로 여태 시를 쓰고 있다니. 뻔뻔하다.

책 제목이 '살인자의 기억법'이라니. 묘하게 아멜리 노통브의 『살인자의 건강법』이 생각나는 소설이다. 프랑스 천재 소설가 아멜리 노통브와 한국 문단에서 처음으로 귀걸이를 한 채 문학상을 받았던 김영하. 이 두 소설가의 작품에는 '죽음'의 냄새가 스타일리시하게 묻어 있다. 김영하의 문장은 언제나 쉽고 간결하다. (그의 작품은 번역가들 사이에서 번역하기 쉬운 글로 꼽힌다.) 특히 알츠하이머에 걸린 살인자의 이야기를 다룬 이 소설에서 그의 서사는 단순하고 문장은 지나치게 짧아서 누구나 쓸 수 있을 것 같은 착각마저 들게 한다. 150쪽 남짓한 경장편 소설이라 더 그런지도 모른다. 가령, 다음과 같은 문장은 꼭 내 집안일 일지를 들여다보는 것처럼 친근하게 느껴진다.

> 두부를 굽는다. 아침에도 두부, 점심에도 두부, 저녁에도 두부를 먹는다. 팬에 기름을 두르고 두부를 올린다. 적당히 익으면 뒤집어 굽는다. 김치와 곁들여 먹는다. 아무리 치매가 심해져도 이건 혼자 해낼 수 있으리라. 두부구이 백반.

데뷔한 지 20년이 넘었지만 여전히 '젊은 작가 세대'를 대표하는 이 약삭빠른 소설가는 시를 배우고, 몽테뉴의 『수상록』을 읽고, 카그라스증후군(뇌의 친밀감을 관장하는 부위에 이상이 생길 때 발생하는 질병)을 설명하고, 니체를 아는, 살인을 멈춘 살인자의 과거와 현재를 연결시키는 탁월한 능력을 천천히 증명해 보인다. 그리스 비극 『오

이디푸스 왕』이 중요한 모티브로 등장한다. 그는 이 소설이 유난히
진도가 잘 나가지 않아 애를 먹었다고 고백한다. 기억을 잃어가는
노인이 되어서 글을 써 가는 기분은 어떨까. 상상만으로도 고단한
일이다.

　　치매는 늙은 연쇄살인범에게 인생이 보내는 짓궂은 농담이다. 아
　　니 몰래카메라다. 깜짝 놀랐지? 미안. 그냥 장난이었어.

　일찍이 허무주의에 대한 자신만의 철학을 소설 속에 잘 녹여 냈
던 김영하이기에 그가 바라보는 노년과 죽음은 내게 멀지만 가까워
보인다. 김병수는 열여섯 살에 상습적으로 어머니와 여동생을 폭행
했던 아버지를 눌러 죽이는 것으로 시작해서 마흔다섯까지 계속 살
인을 저질렀다. 연쇄살인이라는 용어조차 생경했던 시절부터 죽이
고, 달아나서, 숨었다, 다시 죽이고, 달아나서, 숨었다를 반복했던 일
흔 살의 살인자, 김병수. 전직 수의사였던 그는 마지막 제물이었던
여자의 딸 은희를 데려와 그녀가 스물여덟 살이 된 지금까지 최선
을 다해 키우고 있다. 그랬던 그가 지금은 자꾸 기억을 잃어버려서
엉뚱한 곳에서 정신을 차린다. 은희를 노리는 어떤 사내를 제압하기
위해 그는 상체 근력을 다시 키우고 있다.

작가는 악을 재정의한다.
"악은 무지개 같은 것이다. 다가간 만큼
저만치 물러나 있다. 이해할 수
없으니 악"이라는 것이다.

연쇄살인범의 독백 속에는 삶의 아이러니와 유머가 곳곳에 숨어
있다. "연쇄살인범도 해결할 수 없는 일: 여중생의 왕따"나 "세상의
모든 전문가는 내가 모르는 분야에 대해 말할 때까지만 전문가로 보
인다", "사람들이 입버릇처럼 쓰는 '우연히'라는 말을 믿지 않는 것
이 지혜의 시작이다"와 같은 문장을 읽다 보면 이 소설이 아포리즘
을 모아 놓은 철학서같이 느껴지기도 한다. 그가 연쇄살인범이라고
지목했던 남자가 은희의 예비 신랑감이라고 집에 인사하러 온다. 그
후 서사는 뒤죽박죽 혼돈 그 자체이다. 치매에 걸린 주인공의 페이
스 탓이다.

문득, 주인공 김병수의 살인 동기보다 이 소설을 쓰게 된 김영하
작가의 집필 동기가 궁금해졌다. 그는 이미 여러 작품에서 기억을
잃는 인물을 메타포로 즐겨 사용했다. 한 인터뷰에서 그는 이렇게
말했다. "저도 어렸을 적 연탄가스에 중독돼 10세 이전의 기억이 거
의 남아 있지 않아요. 그 때문에 기억을 잃어버린 사람, 기억을 되찾
고 싶은 사람의 얘기가 늘 남 일 같지 않았죠." 그가 왜 이 소설을 쓰
고 싶었는지 감이 잡힌다. 먼 기억은 더 생생하게 기억나고 가까운
기억부터 사라지는 병, 알츠하이머는 매력적인 모티프가 될 수밖에
없다. 그는 망각과 죽음의 얄궂은 농담을 죽을 때까지 요리하고 싶

어서 글을 쓰는지도 모른다.

과거 기억을 상실하면 내가 누구인지를 알 수 없게 되고 미래 기억을 못 하면 나는 영원히 현재에만 머무르게 된다. 과거와 미래가 없다면 현재는 무슨 의미일까.

소설은 살인자의 노트이자 그의 목소리가 녹음된 녹음기다. 그는 아무도 해치지 않고 살아온 지난 25년의 삶은 죽음과 같았다고 회상한다. 과거와 미래가 없는 현재는 무의미하다고 생각한다. 자신의 딸을 노리는 연쇄살인범(그가 그렇게 말한다)을 자신의 손으로 죽임으로써 영원히 현재에 갇히는 비극을 피할 수 있다고 믿는다. 그리고 악을 재정의한다. 그에 의하면, "악은 무지개 같은 것이다. 다가간 만큼 저만치 물러나 있다. 이해할 수 없으니 악"이라는 것이다.

무서운 건 악이 아니오. 시간이지. 아무도 그걸 이길 수가 없거든.

직접 읽어 보면 의외로 간단한 소설을 스스로 어렵게 풀어 보려고 노력하는지도 모르겠다. 이런 혼돈을 만들어 낸 작가가 뒤에서 웃고 있다. 기분 좋게 속아 준다. 한밤에 단숨에 읽기에 더 없이 좋은, 잘 쓰인 소설인 것은 분명하다.

김영하 작가가 책을 고르는 기준은?

그는 책을 고를 때, 네 가지 기준으로 선택한다고 한다.

첫째, 좋아하는 작가의 작품.

둘째, 꼼꼼하고 믿음직스럽고 우아한 편집을 제공하는 출판사.

셋째, 번역서의 경우에는 신뢰하는 번역자의 책.

마지막으로 처음 접하는 저자의 책일 경우는 작가의 관상을 눈여겨

본다고.

_ 예스24 채널예스 '명사의 서재' 인터뷰 중에서

인생의 베일 *The Painted Veil*
서머셋 모음

죽도록 사랑하는데
왜 용서할 수 없는 거죠?

'여자의 인생은 결혼으로 완성된다'
는 것을 씁쓸하게 인정하게 만드는 소설이 한 편 있다. 『달과 6펜스』,
『면도날』 등을 쓴 심리 묘사의 귀재, 서머셋 모음의 소설로 원제는
'페인티드 베일 *The Painted Veil*, 한국에선 『인생의 베일』이라는 제목
으로 출간된 작품이다. 원제대로 해석하자면, 겉치장한 혹은 불성실
한 면사포란 뜻으로 주인공 '키티'를 잘 나타내는 단어라고 할 수 있
다. 오늘 밤엔 동의할 수는 없지만 공감할 수밖에 없는 키티와 아내
의 불륜을 알고도 모른 척해야 하는 월터 페인의 '고통 pain' 속으로
나를 밀어 넣을 생각이다. 작가는 왜 살아 있는 자들의 '인생'을 '오색
의 베일'이라고 비유했을까.

복숭앗빛 피부를 지닌 유쾌하고 사랑스러운 여자 키티. 자신보다 못생긴 동생 도리스가 미혼인 자신을 제치고 먼저 화려한 결혼식을 치르는 모습을 보고 싶지 않았던 주인공 키티는 고지식하지만 성실하고 자신만을 사랑하는 월터와 나이에 쫓겨 결혼하고 하루하루를 지루하게 흘려보낸다. 월터 페인이 얼마나 불행한 감정 표현의 불구자인지 다음 일화를 보자.

> 비가 오면 그녀는 이렇게 말했다. "비가 억수같이 쏟아지네요." 침묵. 그냥 "그래, 그렇군." 하고 대답하면 어디가 덧나나. 어떨 때는 그를 잡고 마구 흔들어 버릴까 하는 생각이 치솟기도 했다. "비가 억수같이 쏟아진다니까요." 그녀가 되풀이했다. "들었소." 그는 애정 어린 미소를 지으며 대답했다. 적어도 빈정거릴 의도는 없었군. 다만 할 말이 마땅치 않아서 대꾸를 안 한 것뿐이었어. 하지만 할 말이 없다고 말을 안 한다면 인류는 머지않아 언어 사용 능력을 잃지 않겠는가.

그가 매력이 없다는 데는 의심의 여지가 없다. 결혼과 함께 홍콩에 오게 된 키티는 사회적 지위가 남편의 직업(그는 정부 세균학자였다)에 따라 결정된다는 사실도 좀처럼 받아들이기 힘들어한다. 다행히 그녀는 명랑함 뒤에 욕망과 허영심을 숨겨 놓고 살 줄 아는 여자다. 생기 없는 결혼 생활을 하고 있지만 남편에게 큰 불만은 없다. 적어도, 기름기 좔좔 흐르는 바람둥이 찰스 타운센드를 만나기 전까지는. 깊고 풍부한 목소리, 친절하게 반짝거리는 푸른 눈, 185센티미터의 장신, 뛰어난 옷맵시, 만능 스포츠맨인 찰스는 여러 가지로 월터와 비교되는 남자였다. 그녀는 그에게 홀딱 반하고 만다. (인물 설정은 '사랑과 전쟁'스러울지 몰라도 좀만 참으면, '면도날' 같은 이야기가 전개된다.)

　일주일에 한 번씩 손톱을 손질할 정도로 자기 관리가 철저한 찰스가 과연 자신의 사회적 지위와 혜택을 다 포기하고 키티를 선택할 수 있을까? 추문이나 악감정 없이 신사인 월터와 잘 정리하고 찰스와 재혼할 수 있다고 믿는 키티. 불륜 현장을 들켰지만, 오히려 잘됐다고 생각했던 그녀는 월터의 무뚝뚝한 반응에 벌벌 떤다. 독자들은 일찌감치 찰스의 비겁한 성정을 눈치채지만 키티만 모르기 때문에 읽는 내내 긴장감이 감돈다. 이제, 숭고한 사랑의 증인이었던 월터의 반격이 시작된다.

　"유감스럽지만 당신은 나를 과소평가했고 바보 멍청이 취급을 했어. (…) 나는 당신에 대해 환상이 없어. 나는 당신이 어리석고 경박한 데다 머리가 텅 비었다는 걸 알고 있었어. 하지만 당신을 사랑했어. 당신이 지성에 얼마나 겁을 먹는지 알고 있었기 때문에 나도 당신이 아는 다른 남자들처럼 당신에게 바보처럼 보이려고 별짓을 다했어. 당신이 나와 결혼한 건 편해지기 위해서라는 걸 아니까. 그래도 나는 당신을 너무나 사랑했기 때문에 개의치 않았어."

순애보 남자의 진심이 무너지는 소리가 들리는가. 남편 월터가 그토록 사랑했던 아내 키티의 불륜 현장을 목격한 후 참다 참다 내뱉는 대사 중 일부다. 이 부분을 읽을 때마다 나는 마치 키티가 된 것처럼 화끈거리는 얼굴을 주체할 수가 없다. 평생 칭찬에만 길들여졌던 키티는 그의 조롱에 맹목적인 분노가 치솟는다. 여기서 명대사 하나가 더 등장한다.

"남자가, 여자가 자신을 사랑하도록 만드는 데 필요한 것을 갖추지 못했다면, 그건 그의 잘못이에요. 여자 탓이 아니라."

욕망의 덫에서 서서히 망가져 가는 한 여자와 붓다와 같은 자제력으로 사랑하는 여자를 벌하는 남자의 숨 막히는 신경전은 김수현

모름지기 행복은 나 아닌
다른 곳에서 찾을 때, 더 멀리멀리 달아난다.
행복을 찾아 방황하지 말아야 한다.

작가의 복수극을 방불케 한다. 키티의 철저한 배신으로 상처받은 월터. 그는 키티를 죽이고 싶은 마음에 콜레라가 창궐한 죽음의 땅으로 그녀를 데리고 간다. 암흑 속을 스스로 걸어 들어간 것이다. 집에 있을 땐, "그녀를 수천 킬로미터 밖에 존재하는 사람처럼 취급하며 조용히 책만 읽었다". 사랑했던 여자와 눈도 맞추지 않고 웃지도 않지만 철저하게 예의를 지키는 한 남자. 결국 그가 바란 것은 사랑하는 여자를 향한 용서와 화해였음에도 불구하고, 이 고지식한 남자는 끝까지 사랑하면서도 용서하지 못하는 자신을 경멸한다.

키티는 고통스럽게 자신을 죄던 '욕망이라는 이름의 사랑'에서 서서히 벗어나면서 죽음의 땅에서 희망을 찾게 된다. 그녀에게 면죄부를 준 것은 뜻밖에 월터가 아니었다. 절박한 상황에서도 해맑은 아이들, 그리고 모든 것을 버리고자 했을 때 그녀에게 주어진 새 생명이 그녀를 변하게 만들었다. 뻔한 해피엔드 대신 작가는 주인공에게 제대로 살아야 하는 진짜 이유를 다시금 찾게 한다. 키티가 플로베르의 『보바리 부인』처럼 삶을 포기하지 않아서 다행이다. 욕망과 허영을 극복하고 한층 성숙한 여자가 되어 가는 그녀를 보며 '여자의 행복'에 대해 다시 생각하게 된다. 사랑과 욕망의 허무함을 이겨 낸 키티 여사가 지금 여기 있다면 이렇게 말할지도 모르겠다. 모름지기 행복은 나 아닌 다른 곳에서 찾을 때, 더 멀리멀리 달아난다고. 행복을 찾아 방황하지 말라고. 과연 인생은 오색찬란한 베일로 둘러싸여 있음이 분명하다. 그렇기에 이토록 한 치 앞도 보이지 않는 것이리라.

　　"마음을 얻는 방법은 딱 하나입니다. 자신이 사랑을 주고 싶은 대
　　상처럼 자신을 만들면 되지요."

영화로 만들어진 고전 「페인티드 베일」

서머셋 모음의 원작이 배우들의 명연기와 수준 높은 음악으로 안개처럼, 꽃처럼 피어오르는 영화. 콜레라 시대의 사랑, 그 폭풍 속에서 여자는 말한다. "여자는 남자의 장점만 보고 사랑하지는 않죠." 월터와 키티는 서로 다른 목적으로 결혼을 했다. 키티의 외도로 인해 그 사이는 더욱 벌어지게 된다. 불을 끄고 사랑을 나누는 월터와 불을 켜고 사랑을 나누는 키티. 그 둘은 그렇게 서로 달랐지만 처음부터 다른 것만 찾았기 때문에 쉽게 가까워지지 못했다. 뒤늦게 깨달은 사랑은 무시무시한 콜레라 앞에서 서로에게 용서를 구한다. 에드워드 노튼과 나오미 왓츠의 내면 연기가 일품인데 그중 나의 기대를

저버리지 않는 에드워드의 눈빛 연기는 지적이고 냉철한 가운데 사심 없이 키티를 사랑하는 월터의 이중성이 잘 배어 나와 몰입의 즐거움을 준다. 키티 역의 나오미 왓츠는 목소리와 발음이 굉장히 우아하면서 신경질적인데, 특히 월터를 부를 때 그 음성이 영화가 끝난 후에도 잊히지 않을 만큼 인상적이다.

남자의 자리 *La Place*
아니 에르노

　·
　·

그가 멸시한 세계로
걸어 들어갈 때

　　　　　　　　내가 애써 외면하고 사는 사람들이
있다. 몇몇의 사람들을 생각하면 마음이 무거워지고, 내 안의 어둠
이 슬그머니 튀어나와서 사는 게 싫어진다. 고통과 고독은 친구처럼
생각할 수 있지만, 사람만은 내 마음대로 되지 않는다. 그중에서도
내 감정의 아킬레스건은 '가족'인지도 모른다. 가족 여행을 언제 떠
났는지 기억나지 않는다. 민낯보다 들키기 싫은 내 불운은 그들만이
알고 있다. 엄마, 하나뿐인 언니와의 관계는 회복되었지만 아직 내
가 화해하지 못한 아버지의 세계. 나도 모르게 고개를 돌려 버리게
된다. 이럴 때, 내 마음을 알아주는 소설책 한 권이 절실해진다.

일단 초기부터 픽션을 거부한 아니 에르노의 아버지에 관한 이야기가 담긴 『남자의 자리』를 펼친다. 이 책의 첫 장엔 이런 문구가 적혀 있다.

"이렇게 한번 설명해 보련다. 글쓰기란 우리가 배신했을 때 마지막으로 기댈 수 있는 것이다."

　　　　　　　　　　　　　　　　　　_장 주네Jean Genet

마지막으로 내가 기댈 수 있는 것은 책과 글쓰기뿐이다. 이제 겨우, '단란한 가정'의 신화에서 벗어난 서른두 살의 나는 무심히 이 책에 기대 본다. 무겁게 책장이 넘어간다.

소설은 아버지의 죽음으로 시작된다. "끝났어." 어머니의 음성이 들린다. 어머니는 더 차분해졌다. 장례식장에서 이전처럼 밝은 표정으로 손님들을 맞는다. 그러다 혼자 있게 되면 표정이 허물어진다. 그녀는 추억을 사적으로 꾸미지도 않고, 행복에 들떠 아버지의 삶을 비웃지도 않는다. 그저 담담히 기술할 뿐이다.

아버지는 부모의 가난을 답습하지 않기 위한 핵심적인 조건을 알게 되었으니, 그것은 여자에게 〈넋을 빼놓지〉 않는다는 거였다.

(…) 그는 술을 마시지 않았다. 다만 자신의 자리를 지키기 위해 애를 썼다. 노동자라기보다는 상인처럼 보이고 싶어 했다. 정유 공장에서 그는 십장으로 승진했다.

책에는 문맹이었던 아버지를 조금씩 지우며, 책과 음악에 둘러싸여 그와 멀어지고자 했던 그녀의 고백이 오롯이 적혀 있다. 그녀를 따라서 내 아버지의 말과 행동과 취향, 아버지 생애의 주요 사건들, 삶의 모든 객관적 표정을 모으면 소설이 될 수 있을까. 가슴속에 맺히는 무언가가 있는데, 그것도 기술될 수 있으면 좋으련만. 철저히 관찰자적 시선으로 아버지를 바라본다는 것이 가능할지 모르겠다.

어머니에게 물어야 할 것이 더 많을 것이다. 스무 살 이후로 그와 쌓은 추억이 별로 없기 때문이다. 아마도 아버지와 멀어진 이후 글을 쓰기 시작한 것 같다. 아침에 깨어 있어도, 그가 거실이나 주방에 있으면 방 밖으로 나가질 않았다. 마주치고 싶지 않았다. 너는 대체 무얼 하고 살거니, 그 책들은 읽어서 뭐하니 같은 소리만 돌아올 테니. 어렴풋이 들리는 아버지와 어머니의 대화는 이렇다. "그래서 쟨 대학을 졸업하면 뭐를 하겠다는 거야." "모르지. 자기 마음이지." "비싼 돈 들여서 대학에 갔으면 공무원 같은 안정적인 직업을 가져야

지. 남이 알아주지도 못하는 작가는 되어서 뭘 얻겠다고." 이어폰의
볼륨을 더 크게 높인다. 나는 보란듯이 늦게 일어났다.

내가 들은 말과 문장들을, 때로는 이탤릭체로 강조까지 해가면서,
최대한 객관적으로 제시하려 애쓰는 이런 종류의 시도에서 글쓰
기의 행복이란 전혀 기대할 수 없다. 그 말들을 고딕체로 제시하
는 것은 거기에 이중의 의미가 있음을 암시하거나, 향수든 애잔함
이든 조롱이든 독자에게 공모의 쾌감을 안겨 주고자 함이 아니다.
나는 어떤 형태로든 그것을 거부한다. 이런 식의 글을 쓰는 이유는
단순하다. 그 말과 문장들은 내 아버지가 살았고, 나 또한 살았던
한 세계의 한계와 색채를 있는 그대로 그려 주고 있기 때문이다.

무엇보다도 당장 먹고사는 게 중요했던 IMF 금융 위기 때 난 가
장 비싼 고등학교를 다녔다. 그리고 원하는 것은 무엇이든 손에 넣
(고야 마)는 아이들 틈에서 공부를 했다. 개인적인 생각들은 속에 묻
어 두어야 했는데 그러지 못했다. 모든 게 하늘 높이 쌓아 올린 벽처
럼 답답해 보였다. 점점 더 책과 음악 속으로 도망갈 수밖에 없었다.
어떻게 하면 이 상황을 벗어날 수 있을지를 궁구하느라 바빠 한마디
말도 하지 않고 지내는 날들이 늘어갔다. 그리고 성적에 맞춰 겨

우 4년제 대학에 진학했다. 빛을 잃어 간 내 청춘은 아주 잠시도 발랄하지 못했다.

　매일 아침 어딘가로 나가는 아버지의 뒷모습은 앞모습보다 익숙하다. 아주 가끔 보면 좋아질까 싶었는데, 결혼 후 명절 때가 아니면 잘 볼 수가 없는데도 내 감정은 변함없이 차갑다. 그가 겪은 불행은 내 일이 아닌 것처럼 멀리 떨어뜨려 놓고 싶다. 집에서도, 가족 모임이 있는 음식점에서도, 일가친지들의 결혼식장에서도 한 시간도 편히 있지 못하고, 어디론가 도망치려고 하는 당신. 원고지 980매짜리 원고를 숙독해야 하는 한낮의 사무실에서도 나는 가끔 가족에 대한 이야기를 쓰곤 했다. 내 인생 최고의 실패는 '대학'이라고 생각한 적이 있었다. 지금, 다시 생각해 보면, 아버지다. 아버지의 부재, 아버지의 실패, 아버지의 분노다. 문장을 창작한다는 것이 거짓말처럼 느껴진다. 나도 재미없고, 남은 더 재미없을 가족 이야기. 다툼과 갈등의 반복만 있을 뿐, 화해와 용서는 없는 부모님의 서사는 나조차 지겹다. 어쩌면 나는 결혼을 통해 대화가 곧 싸움으로 변하는 집에서의 탈출을 꿈꿨는지도 모른다. 여기서 내 자전적 글쓰기를 중단하고 서둘러 아니 에르노 문장으로 돌아가야겠다.

내 추억 속에서, 언어에 관련된 모든 것은 돈 문제보다 훨씬 더 큰 원망과 언쟁의 동기였다. (…) 내가 부유하고도 교양 있는 세계로 들어갈 때 그 문턱에 내려놓아야 했던 유산을 밝히는 작업을, 난 이제 이렇게 끝냈다. (…) 그는 나를 자전거에 태워 학교에 데려다주곤 했다. 빗속에서도 땡볕 속에서도 저 기슭으로 강을 건네주는 뱃사공이었다. 그를 멸시한 세계에 내가 속하게 되었다는 것, 이것이야말로 그의 가장 큰 자부심이요, 심지어는 그의 삶의 이유 자체였는지도 모른다.

'진짜 일인칭'의 이 짧은 소설은 끝이 곧 시작이다. 살아가면서 자연스럽게 '아버지의 자리'를 추억하게 될 때마다 다시 꺼내 읽을 것이다. 그가 영영 자리를 비우게 되어도 나는 눈물조차 나지 않을까 봐 겁이 난다. 소설을 읽고 나니 조금 슬프고, 한동안 먹먹했다. 아니 에르노는 내가 가장 아끼는 글쓰기 선생님이다. 내 영감도 그녀와 크게 다르지 않으므로…….

"우리 존재의 모든 것이 부끄러움의 표식으로 변했다."

_아니 에르노Annie Ernaux

『남자의 자리』의 남은 이야기…

이 책은 치매에 걸린 어머니에 대해 쓴 소설『한 여자』(1988년), 치명적인 사랑에 대한 기록을 담은『단순한 열정』(1992년)보다 먼저 쓰인 소설이다. 1967년 아버지의 죽음을 접하고, 15년이 지난 1982년 11월에서 1983년 6월 사이에 집필한 일종의 비망록으로 국내에선 1988년『아버지의 자리』라는 제목으로 출간되었다가 2012년에『남자의 자리』라는 제목으로 재출간되었다. 이 책으로 그녀는 1984년 프랑스 4대 문학상 중 하나인 르노도상을 수상했다.

사랑으로 인생이
달라질 수 있을까요?

예전에 책을 사면, 꼭 첫 장에 책을
산 날짜와 장소, 책을 사게 된 이유를 손글씨로 적어 놓았다. 손글씨
란 말도 어색해진 요즘, 2000년대 초반에 밤마다 아르바이트를 해
서 모은 돈으로 한 권씩 사서 모았던 책들을 꺼내 보았다. 그중 같은
책을 세 권이나 사서 두 권은 선물하고 남은 한 권의 책이 있다. 대학
시절 나의 롤모델이었던 은희경의 소설집 『타인에게 말 걸기』. '타인
에게 말 걸기'가 공개석상에서 발표하는 것보다 힘겨웠던 때에 책장
이 닳도록 읽었던 책. 집 자무시도 모르고, 직장 생활도 안 겪고, 인생
을 책과 학교에서만 배웠던 시절의 애독서. 십 년이 지나 다시 읽으
니 지금의 내 나이가 손으로 만져진다. 이 책에 전반적으로 깔려 있

는 '우울'과 '탈낭만화'는 더 이상 나의 테마가 아니다. 그래서일까, 모든 문장이 낯설게 느껴진다. 사물을 보는 방식도 지금과는 많이 달라 보인다.

책에 그어진 여러 밑줄들을 따라 잊고 지낸 기억 속으로 들어가 본다. 내가 사랑했던 그 지루한 시간들. 빛이 쌓여 가던 그 시간들.

그녀는 어린 시절 어린이 잡지에서 읽은 아프리카 사람들의 숫자 세는 방식에 대해 생각하고 있었다. 하나, 둘…. 그 다음부터는 어떻게 세는지 아세요? 무조건 '많다'예요. 셋부터는 다 똑같다고 생각하나봐요. 믿거나 말거나, 여러분 마음에 달려 있지만 말예요.

_「그녀의 세 번째 남자」 중에서

소설은 뜨거웠다 식는 것이 사랑의 본질이고, 사랑하는 사람과는 결혼하지 말라고 충고한다. 8년 동안 내연 관계를 이어온 남자를 '세 번째 남자'라 정의하고 안심하는 그녀를 이해한다고 생각했었다. 다음에 이어지는 소설은 내가 제일 좋아했던 단편이다. 「특별하고도 위대한 연인」. 3인칭 시점으로 남녀의 사랑과 이별을 요리조리 비틀어 보는 은희경 특유의 작법이 돋보이는 소설이다. 이 '특별하고

도 위대한 연인'의 여자 주인공 나이가 지금 내 나이와 같은 서른둘
이다. 작가가 그렇게 비웃는 "나는 사랑에 빠졌어"라는 자기 암시와
"저 사람은 특별한 사람이다"라는 최면에다가 "이것이야말로 나의
진짜 첫사랑이야" 하는 망상까지 세 가지 구색을 다 갖춘 사람과 결
혼해서 살고 있는 서른둘의 나. 남편과 나의 관계가 특별하지도 위대
하지도 않다는 것쯤은 알고 살기에, 평화가 유지되는지도 모른다.

  그런데 소설 속 위대한 연인은 헤어졌다. "그야 그들의 사랑에서
더 이상 위대함을 유지할 수 없었기 때문이다." 흰 머리가 난 연상의
여자는 긴 머리가 좋다는 남자의 의견을 무시하고 산뜻하게 커트를
하고 나타난다. 그런데 늦게 도착한 그녀에게 남자는 "피곤해 보인
다"고 말한다. 남자에게 어리게 보이고 싶어서 변화를 줬던 그녀는
크게 실망하고 만다. 남자 또한 시인이라는 정체성을 버리고 들어간
직장에서 상사에게 환멸감을 느끼고 사표를 준비하고 나온 길이었
다. 이런 날은 차라리 만나지 않으면 좋으련만. 지독히 피곤한 날에
도, 연인들은 위로가 필요해 서로를 찾게 된다.

  '차이란 것은 에너지의 발생이라고 했지만.' 바로 그 차이 때문에
여자를 좋아하게 됐다고는 해도 남자는 이제 여자의 다감함이 실

은 심한 감정기복이었고 발랄함의 정체가 사실은 경솔함이었다고, 그 차이의 이면을 보고 있다. '다르다는 것이 강한 호감이 되지만 상대의 마음에 들려고 하는 긴장을 잃은 다음부터는 바로 그 다르다는 것 때문에 피곤을 느끼지.'

시간이 지날수록 그들은 각기 상대를 원망하고, 헤어지자는 말을 상대방이 먼저 꺼내기를 기다릴 뿐이다. 사랑에 대한 화려한 비유와 이별에 대한 처참한 분석이 이어진다. 작가가 내린 결론은 이것이다. "여자의 분석과 남자의 감상, 누구 쪽이 더 운이 좋으며 또 누구 쪽의 생각이 진실에 가까운 것일까. 그것은 판단할 수 없는 문제이기도 하려니와 알 필요도 없다. 당신은 그것을 안다고 해서 자기의 삶이 달라질 수 있다고 생각하는가?" 사랑으로 외로움이 치유될 리는 없다고 못 박는다. 사랑은 우리를 더 외롭게 만들 뿐이다.

서서히 이 소설집을 왜 좋아했는지 그 이유를 알 것 같다. 끊임없이 '사랑의 영속성'을 비웃고, 지나치게 진지한 삶의 태도를 자조적인 문장으로 경계하게 만든다. 친구를 만나면 질투나 푸념을 하고 있는 나, 어딜 가든 누구와 있든 외롭기만 했던 나, 보고 싶어도 보고 싶단 말을 먼저 못했던 나, 돌출된 행동을 끔찍이 싫어했던 나, 빨리

나이를 먹고 싶었던 나, 세상 모두가 한 사람으로 요약되던 시절이
고스란히 소설 속에 녹아 있다.

표제작 「타인에게 말 걸기」에는 처음 만나는 사람에게 그 사람의
본명이 아닌 자기가 지어낸 별명이나 자기만 아는 언어로 부르는 무
례한 여자가 등장한다. 그녀에겐 늘 불운이 따라다닌다. 어쩐지 바
라보고만 있어도 질리는 인물이다. 그런 그녀가 혼자 있기를 좋아하
고 남과 엮이는 것을 꺼리는 냉정한 '나'에게 자꾸만 말을 걸고 거절
할 수 없는 부탁을 한다. '나'란 인물이 타인과의 관계에서 할 일이란
그 사람과 내가 어떻게 다른지를 되도록 빨리 알고 받아들이는 일뿐
이다(이 방식은 이십 대에도 삼십 대가 된 지금도, 내가 고수하는 관계법
이기도 하다). 단조로움이야말로 '내'가 원하는 최상의 생활이었다.

만날 수 없어 불안한 애인이나 이루지 못할까 봐 조바심나는 희망
따위의, 나를 약하게 만드는 것들을 처음부터 포기했기에 가능한
일일 것이다. 이따금 외로움 비슷한 기분이 들 때도 있었지만 그것
은 스포츠센터의 푸른 풀 속에 뛰어들거나 말러의 교향곡을 듣거
나, 혹은 이튿날 아무런 뒷맛도 남기지 않는 그저 그런 여자친구와
밤을 보내는 정도로 쉽게 가셔졌다.

소설 속 '나'처럼 나는 일진이 안 좋은 날에도 '그럴 수도 있지'라고 일부러 가볍게 치부하며 서둘러 하루를 마감하곤 한다. 누가 나를 반갑게 맞이하는 것을 어색해하는 일도 많았다. 사실, 소설 속 '나'처럼 나도 거부당할까 봐 겁이 나서 피해 버린 건지도 모른다. 섣부른 기대는 언제나 큰 실망을 안겨 주기에. 나는 여전히 단조로움을 원하지만, 한 남자에게만큼은 다정함을 나눠 줄 줄 아는 아내가 되었다.

한동안 은희경의 냉소가 신물이 날 정도로 싫어져서 많은 책을 구석에 처박아 둔 적이 있다. 이유를 알 수 없는 우울과 멜랑콜리에 사로잡혀 앞에 있는 사랑조차 못 알아볼 지경이었기에. 거절해도 상처받지 않을 만큼 냉정해 보이는 주인공들과 거리를 두고 싶은 이유도 있었다. 사랑이 영원할 수도 있다는 믿음에서 오는 순정의 아이러니. 그런 아이러니라도 품고 살아야 사람 아닌가. 하지만 외롭다는 말만큼 비참해 보이는 단어도 없을 것이라는 작가의 의견엔 반박하지 못했다. 외롭다고 말하기보다 혼자 있고 싶다고 에둘러 말해 본다. '사랑의 불멸성'을 믿지 않는 것은 비단 소설 속 인물들에만 국한되는 것이 아니라 은희경 자신도 작가의 말에서 언급하고 있다. 개인적으로 작가의 가장 완성도 높은 작품이라 생각되는 「아내의 상

자」가 실린 이상문학상 수상집에서 은희경은 다음과 같이 말하고
있다.

— 왜 소설이 내게 그토록 중요한가.

— 나는 변하지 않는 사랑을 원했지만 불가능하다는 것도 알고 있
었습니다. 그러므로 소설 속에서 스스로 사랑을 만들어 가지는 것
입니다. 소설을 쓰는 일은 언제나 내 말을 들어주는 불멸의 애인을
갖는 일 아니던가요.

— 왜 소설을 쓰는가.

— 그게 '나'이니까요.

_은희경, 제22회 이상문학상 수상 소감 중에서

쓸 수 있고 읽을 수 있어 쓸모 있는 삶. 그것은 '글쓰기'라는 불멸
의 연인을 가진 사람만이 가지는 특권일 것이다. 지금은 즐겨 읽지
않지만 사십 대가 되면 이 책을 다시 꺼내 읽을 것이다. 특별하고도
위대한 내 하나뿐인 연인을 위해서, 혹은 앞으로 계속해서 펼쳐질
짐작과는 다른 수많은 일들을 대비하기 위해서…….

친구를 만나면 질투나 푸념을 하고 있는 나.
어딜 가든 누구와 있든 외롭기만 했던 나.
세상 모두가 한 사람으로 요약되던
시절이 고스란히 소설 속에 녹아 있다.

똥에 대한 일기 ✒

이 소설집에는 굉장히 사랑스러운 일기가 소개된다. 「빈처」의 주인
공 아내가 쓴 일기이다. 실제 소설은 유쾌하지 않지만 이 일기장 한
페이지만큼은 사춘기 소녀처럼 발랄하다. 가끔씩 소설 속 이 일기를
소리 내 읽어 본다. 그리고 일 년에 한두 번쯤은 (마치 숭고한 의식이
라도 치르듯이) 물끄러미 변기를 쳐다보며 이 일기를 생각한다.

때때로 나는 똥을 보고 놀란다. 저 흉측한 것이 내 몸에서 나왔다
고 인정할 수 없다. 그러나 똥은 엄연하다. 우리 관계는 부인할 수
없다. 그래서 한참을 보니 신기하게도 저것이 더러운 똥이라는 생
각이 안 든다. 이제 막 궂고 수고로운 일을 마친 가족 같기도 하다.
나는 똥을 자세히 본다. 내 똥을 자세히 보는 나를 거울로 보니 참
정답다.　　　　　　　　　　　　　　　　　　　　_「빈처」 중에서

나를
말하게 하는
당신

예감은 틀리지 않는다 *The Sense of an Ending*
줄리언 반스

##
##

기억하고 싶은 대로
기억하는 당신에게

　　　　　　　　우리는 시간 속에서 살면서 시간을
배반하기를 반복한다. 그리고 실제 사실과 다르게 기억을 조작하기
를 즐긴다. 왜냐하면 진실의 정의보다 착각이 주는 환희가 생각보다
크기 때문이다. 이런 허세 가득한 사유가 절로 나오게 하는 소설책
이 한 권 있다. 영국이 낳은 또 한 명의 위대한 작가, 줄리언 반스의
『예감은 틀리지 않는다』. 그의 『플로베르의 앵무새』, 『10 1/2장으로
쓴 세계 역사』와 같은 작품을 읽다 포기한 사람들이라도 이 소설만
큼은 완독할 수 있을 것이다. 그리고 이 책은 내용의 깊이에 비해 놀
랄만큼 분량이 적기도 하다.

사실 이 소설은 어디서, 어떻게 이야기를 시작해야 할지 감이 잡
히지 않는다. 남의 아픔에 무지하고, 진지해야 할 때도 진지하지 못
했던 주인공은 60대가 지나서야 '수제 감자칩'의 의미를 이해할 만
큼(?) 삶을 똑바로 바라보게 된다. 어느 날 갑자기, 자신에게 떨어진
유산이 반갑지만은 않은 주인공 토니는 이제 서서히 과거의 과오 속
으로 자신을 밀어 넣는다. 왜 친구는 자살을 했고, 왜 그녀는 친구의
일기장을 감췄으며, 왜 그녀의 엄마는 그에게 유산을 남겼을까. 이
소설의 결말은 '충격적인 반전'이라기보다 '새로운 시작'을 알리는
단초가 된다. 다시 소설의 처음으로 돌아가게 만들기 때문이다.

행복한 가족생활을 영위하려면 애초에 가족을 만들지 말아야 한
다는 것, 아니면 최소한 함께 살지 말아야 한다는 것을.

남자는 미스터리한 여자와 정직한 여자 둘 중 하나에게 끌린다고
(작가는) 말한다. 미스터리한 여자를 버리고, 정직한 여자와 살았던 결
혼 생활도 그리 성공적이지 않았기에 우리는 그 어떤 쪽에도 무게를
둘 수는 없다. 그래서 작가가 한없이 짓궂게 느껴진다. "자살이 단 하
나의 진실한 철학적 문제라고" 입버릇처럼 말하던 에이드리언은 결국
자살을 한다. 그가 주인공의 여자 친구와 교제를 해도 되느냐는 물음

은 유언처럼 남겨져 있다. 에로스(섹스)와 타나토스(죽음) 중 타나토스가 다시금 승리를 거둔 것이다. 그냥 불화를 좋아하지 않고(이러한 주인공의 성정은 이 작품에서 꽤 중요한 포인트가 된다), 허세 가득한 토니는 무심코 남에게 쏜 화살이 다시금 자신에게 돌아왔음을 직감한다.

나는 우리 모두가 이러저러하게 상처받게 마련이라고 믿어 의심치 않는다. 완전무결한 부모와 오누이와 이웃과 동료로 이루어진 세상을 사는 것도 아닌데, 상처를 피할 도리가 있을까. 그렇다면 문제는, 수많은 것들이 걸린 그런 문제로 인한 손실에 어떻게 대처할까이다. 상처를 인정할 것인가, 아니면 억누를 것인가. 또 그 상처는 우리의 대인관계에 어떤 영향을 미치게 될 것인가. 상처를 받아들여 중압감을 덜어 보려는 사람도 있을 테고, 상처받은 이들을 돕는 데 한평생을 바치는 사람도 있다. 그리고 어떤 대가를 치르더라도 더 이상 상처받지 않는 것을 주된 목표로 삼는 사람도 있다. 이들이야말로 피도 눈물도 없는 부류이자, 가장 조심해야 할 부류다.

『예감은 틀리지 않는다』의 예감은 위와 같은 '상처를 대하는 자세'에서 온다. 이 소설은 자신이 받을 상처가 두려워, 쿨한 척 상대방을 무시하거나 선지자적으로 충고하는 것에 대해 철학적으로 그러나 딱딱하지 않게 이야기한다. 상처 받기를 두려워하는 자의 삶엔 단순히 '더하기'만 있을 뿐 '늘어남'은 없다. 자신이 그럭저럭 괜찮게 살고 있다고 생각하는 사람이 있다면 먼저 날조된 기억부터 바로잡아 보자. 과거로 돌아가자는 것이 아니라, 진정 그때와 달리 현재 늘어난 것이 무엇인지에 대해 생각해 보자는 것이다.

나는 살아남았다. '그는 살아남아 이야기를 전했다.' 후세 사람들은 그렇게 말하지 않을까? 과거, 조 헌트 영감에게 내가 넉살좋게 단언한 것과 달리, 역사는 승자들의 거짓말이 아니다. 이제 나는 알고 있다. 역사는 살아남은 자, 대부분 승자도 패자도 아닌 이들의 회고에 더 가깝다는 것을.

소설을 읽고 난 뒤, 매일 반복되었던 부모님의 언쟁이 떠올랐다. 아버지는 어머니가 자신을 알아주지 않아서 억울하고, 어머니는 아버지의 과거가 생각나 꼴도 보기 싫어한다. 서로가 서로에게 상처될 말만 주고받을 줄 알면서도 대화를 한다. (괴성에 가깝지만 그래도 말을 주고받는다……) 어차피 고쳐지지 않을 것을 알면서도 계속해서 지적한다. 한 번 상처를 받으면, 두 번째에도 상처받는다. 애써 그 상처에 무뎌졌다고 자위할 뿐, 우리는 모두가 또다시 상처를 받는다. 작가는 나이가 들어, 인생에 더는 놀랄 일이 없다고 말하는 이를 경계하라고 말한다. 이긴 적도, 패배한 적도 없는 이의 삶은 그래서 이리도 초라한지 모른다. 상처받은 이들을 두려워해야 하는 이유는 그들은 이기는 방법도 알고 있기 때문이라고 하지 않는가. 사랑할 수밖에 없는 작가, 줄리언 반스에게 또 한 번 뒤통수를 얻어맞았다. 아프지만 또 무조건 아프기만 한 것은 아니다.

"인생에 문학 같은 결말은 없다." _ 줄리언 반스Julian Barnes

줄리언 반스와 부커상

줄리언 반스는 상복이 많은 작가다. 1980년 첫 장편소설『메트로랜드』가 서머셋 모옴상을 받으면서 전업 작가가 되었고, 1986년에『플로베르의 앵무새』로 프랑스 메디치상을 받았다. 그 후 미국 E. M. 포스터상, 독일 구텐베르크상, 오스트리아 국가 대상 등 수많은 문학상을 수상했다. 2011년엔『예감은 틀리지 않는다』로 영어권 최고의 문학상인 부커상을 받으며 자신의 문학적 역량을 전 세계에 알렸다. '전후 영국이 낳은 가장 지성적이고 재기 넘치는 작가'라는 평에 걸맞는 수준 높은 문장력과 박식함을 여러 작품에서 만나 보시길.

자기만의 방 *A Room of One's Own*
버지니아 울프

당신은 자기만의 방을
가지고 있나요?

우리는 저 아래에 모아놓은 온갖 책들과, 방 안에 걸려 있는 옛 고
위 성직자들과 명사들의 판자 장식을 두른 사진과, 포장 도로 위로
이상한 공과 초승달 모양을 드리우는 채색 유리창들과, 기념패와
기념비, 그리고 비문과 헌사들과, 분수대와 잔디밭과, 조용한 사각
교정을 가로질러 보이는 조용한 방들에 대하여 생각하였습니다.
그리고 나는 또한 찬탄할 만한 담배와 술, 푹신한 안락의자와 기분
좋은 카페에 대해, 그리고 호사로움과 내밀스런 프라이버시와 공
간의 자손뻘이 되는 예의 갖춘 우아함과 온화함, 위엄에 대하여서
도 생각해 보았습니다.

여자에게 '자기만의 방'이란 무얼 의미할까? 나에겐 '자기만의 방'
이란 결혼을 하든, 하지 않든 반드시 사수해야 하는 무엇이다. 그것
은 실제 서재일 수도 있고, 사무실의 구석진 책상 자리일 수도 있고,
현재 나의 모든 것을 글이나 사진으로 남기는 블로그일 수도 있다.
또는 페미니스트 작가로 알려진 버지니아 울프가 강조했던 고정적
인 소득과 독립적인 공간일 수도 있다.

결혼 전 아침마다 말다툼을 하는 누군가의 목소리를 들으며 하루를
시작하고 시끄러운 텔레비전 소리로 하루를 마쳤던 나는, 독립된 공간
이 생기기를 간절히 원했다. 벌컥벌컥 열리는 방문이 싫었다. 소리에
예민해서 하루 종일 이어폰을 꽂고 있을 때도 있었다. 결혼 후엔 소박
하지만 누구의 방해도 없는 '자기만의 방'이 생겼다. (물론, 옆집 여자의
24시간 켜진 텔레비전 소리는 존재한다.) 그 공간에서만큼은 빛과 어둠
을 마음대로 조절하며 집중적으로 책을 읽고 글을 쓰고 현재를 돌볼
수 있다. 목숨 걸고 지키고 싶은 무엇이다. 그곳엔 집 밖으로 나가지 않
아도 될 만큼 충분한 커피와 넘치는 책, 6년의 직장 생활이 남긴 노트
북, 태블릿 PC가 있다. 그만큼 나의 외출은 아주 특별한 일이 되었다.

생전 처음 책을 가슴에 묻고 죽고 싶다는 극단적인 생각을 했었던

강렬한 책, 『자기만의 방』. 시작한 지 올해로 십 주년이 되는 내 블로그 제목은 이 책의 원제인 'A Room of One's Own'이다. 그만큼 이 책은 편집자이자, 독자이자 작가인 내게 기념비적인 작품이다. 내가 가지고 있는 종이책은 2006년도에 교보문고 강남점에서 한 권 남아 있던 솔 출판사 판이다. 많은 메모가 적혀 있고 많은 밑줄이 그어진 이 책에서 나는 8년 전 치열했던 나와 젊은 울프를 만난다.

『자기만의 방』에서 울프는 "여성이 픽션(소설)을 쓰고자 한다면 돈과 자기만의 방이 있어야 한다"고 말한다. 여자가 소설을 쓴다는 것을 인정하려고 하지 않았던 1929년에 출간된 작품으로 여성의 경제적 독립의 필요성을 주장하고 있다. '의식의 흐름'이나 '영국 모더니즘 작가'와 같은 어려운 용어만으로 그녀의 글을 설명하는 것은 아주 어리석은 일인지도 모른다. 『자기만의 방』에서 멀어지는 지름길이기도 하다.

"가난이 픽션에 어떤 영향을 미치는가?"라는 질문에 불꽃같은 대답을 쏟아 내는 울프의 에세이는 언제나 현재진행형이다. 왜냐하면 아직도 남성들은 자신들만큼이나 똑똑한 여성들을 두려워하기 때문이다. 일 잘하는 남자를 좋아하는 여자는 많지만, 일 잘하는 여자를 좋아하는 남자는 드문 이유도 잘 설명되어 있다.

여성은 이 모든 세기 동안 남성의 모습을 원래 크기보다 두 배로
확대 반사시켜주는, 마술적이고도 입맛에 맞는 능력을 소유한 거
울로서 이바지해왔지요. 이 능력이 없다면 아마 이 지구는 여전히
늪과 정글 상태였을 것입니다.

자신의 능력이 크게 보이는 거울에 길들여진 남성들은 쉽게 그 거
울을 깨려고 하지 않는다. 여성들 또한 밥은 당연히 남자가 사는 것
이고, 스스로 할 수 있는 일도 남자에게 해결하게 함으로써 '남성인권
보장위원회' 같은 개그 프로그램에 단골 소재가 되고 있다. 우리는 쓰
고, 읽고, 생각하고, 또는 캐묻는 것이 여성의 아름다움을 흐리게 한다
고 굳게 믿는 이들로부터 도피할 수 있는 '자기만의 방'을 마련해야 한
다. 그러기 위해서 혼자 먹고살 수 있는 충분한 돈부터 확보해야 한다.
"저에게 용돈을 주실 필요가 없습니다. 제 편대로 돈을 벌 수 있으니
까요"라고 부모님에게 선언한 순간, 나의 진정한 독립이 이루어졌다.

마지막으로 버지니아 울프는 6장에서 다음과 같은 양성성을 강
조한다.

누가 되었든 글 쓰는 사람이 자신의 성에 대해 생각한다는 것은 치

명적이라는 것입니다. 순전히 그리고 단순히 남성 또는 여성이 되는 것은 치명적이며 우리는 남성적 여성 또는 여성적 남성이 되어야만 합니다. (…) 작가가 자신의 경험을 완벽하게 충분히 전달하고 있다는 느낌을 우리가 얻으려면 마음 전체가 활짝 열려 있어야만 합니다. 자유가 있어야 하고 평화가 있어야만 하지요.

　성을 초월한 창작자로서의 적극적인 자세뿐만 아니라 "다른 무엇이 되기보다 자기 자신이 된다는 것이 훨씬 더 중요한 일"이라고 말하는 울프의 목소리는 가난과 무명 속에서라도 가치 있는 일을 하라고 주장하는 듯 보인다. 남자와 여자들의 세계뿐만 아니라 실재의 세계, 즉 "먼지투성이의 길가, 거리의 신문지 조각, 햇빛 속의 한 송이 수선화, 별빛 아래 빛나는 지붕 위"에서 보게 되고 맺게 되는 관계에 주의를 기울이다 보면, 여성은 더 이상 여성으로 불리지 않고 한 인간으로 존재하게 된다. 1929년의 울프가 2014년의 나에게 그렇게 말했다.

1941년 3월 28일, 예순의 나이로
스스로 생을 마감한 버지니아 울프의 묘비명

"너에게 대항해 굽히지 않고 단호히 내 자신을 내던지리라, 죽음이여."

농담 *La plaisanterie*
밀란 쿤데라

고약한 농담을
지워 버리고 싶나요?

'내 인생의 책'이라 공공연히 이야기
하고 다녔으면서도, 제대로 된 리뷰 한 번 쓰지 못했던 소설 『농담』
엔 고향에 남아 있는 친구마저 모른 척하고 싶다는 한 남자가 등장
한다. 이 남자는 전체주의적 삶에서 철저히 개인으로 존재하고 싶었
던 자유로운 영혼이었다. 자신보다 이념(사회주의)을 중요시했던 여
자 친구가 미워서 던졌던 한마디의 '농담'이 그의 인생을 우수수 무
너지게 만들었다. 농담처럼 첫사랑에게 배신당해 고향에서 추방당
하고, 농담처럼 두 번째 사랑마저 떠나고, 농담처럼 복수가 실패로
돌아가는 불운의 주인공 루드빅. 그를 처음 만난 건 내 나이 스무 살,
세상의 모든 불행이 모두 내 것인 양 허무주의에 깊게 빠져 있을 때

였다. 루드빅은 내 자신이었고, 작가 밀란 쿤데라의 분신이었다. (작가는 소설과 실제는 다르다며 이 의견에 대해 반발하겠지만…….)

  어린 내가 감당하기엔, 지나치게 철학적이고 난해한 소설이었지만 『농담』은 대학 생활 내내 부적처럼 들고 다녔던 애독서이다. 항상 가까이 있었기에, 굳이 이 소설에 대해 글을 남길 필요가 없다고 생각할 정도로 친숙했다. 내게 있어 이 책의 문장들과 인물들은 꿈 많고 돈 없던 이십 대와, 혼란스러웠던 시대와, 항상 불안해했던 남자 친구와 하나로 얽혀 있다. 가끔씩 집에 들어가기 싫은 날, 집에 두고 온 이 책을 도서관에서 대출해서 다시 읽었다. 그러면 이상하게도 마음이 안정되었다. 대출한 책은 밑줄을 그을 수 없었기에, 더욱 한 문장에 오래 머물러 있었다. 정신없이 책에 빠져 있다 보면, 하나둘씩 자리를 빠져나가 넓은 열람실엔 나 혼자만 덩그러니 남아 있었다. 이제는 집에 돌아갈 시간이구나. 안녕, 루드빅. 내일 또 올게.

  이제 기쁨 같은 건 촌스러운 것이 되었다 한들 무슨 상관인가, 나는 바보다, 그럴 수도 있다, 하지만 그 속된 회의주의에 물든 사람들도 나 못지않게 천치들이다, 내 어리석음을 버리고 그들의 어리석음을 따라야 할 이유가 대체 어디 있단 말인가, 내 인생을 둘로 가

르고 싶지 않다, 내 삶, 내 인생이 처음부터 끝까지 하나이기를 원한
다, 루드빅이 그렇게 마음에 들었던 건 바로 그 때문이다, 그와 함께
있으면 내 이상이나 취향을 바꿀 필요가 없다, 그는 평범하고 단순
하고 분명하다, 바로 이런 것을 나는 언제나 좋아했고 또 지금도 좋
아한다.

책은 15년 만에 고향 땅을 밟은 기구한 인물, 루드빅의 이야기로
시작된다. 사소한 '농담'으로 인생이 망가진 인물답게 세상을 바라보
는 눈이 날카롭게 빛난다. 그리고 그를 둘러싼 여자 중 한 명인 헬레
나의 시선이 이어진다. 소설 속엔 정치적 소명, 관념과 무의식들이
복잡한 지도를 그리고 있는데, 소설을 관통하는 가장 중요한 테마는
역시 '사랑'이다. 사랑으로 읽으면, 루드빅이란 인물의 삶이, 쿤데라
의 문장이 조금 가벼워진다. 대신 책의 두께에 기죽지 말고, 작가의
이름에 압도당하지 않도록 주의를 기울여 읽어야 한다.

"그저 한 남학생의 단순한 여자 친구로 만족"하고 싶지 않았던 나
는, 쿤데라의 소설을 자주 읽었다. 지금 생각해 보면, 조금 우스운 일
화들이 많다. 남자들에게 쿤데라 소설을 좋아한다고 말하면, 한 발
짝씩 내게서 멀어진다는 생각이 들었다. 내 앞에서 자신의 남성성을

과시하고 싶어 했던 이들의 얼굴이 떠오른다. (일말의 연대감도 없는 여자애들은 말할 것도 없다.) 모두가 책을 읽었다고 말은 하지만, 정작 책 이야기를 나눠 보면 한마디도 못하는 거짓 영혼들이 우습다고도 생각했다. 점점 더 그들과 말도 섞기가 싫어졌다. 돌이켜 보면, 나도 책의 반의반도 이해하고 있지 못했으면서도 그때는 그랬다. '평범함' 이 무슨 죄라도 된다는 듯이 오만을 남용했다.

이 책을 다시 읽으니 갑자기 허기가 진다. 컵에 한 가득 밀크티를 타 와 마셨다. 제3부 루드빅의 시선으로 돌아온다. 그는 모든 것을 농담처럼 즐기는 유형이고, 그의 첫사랑 마르케타는 농담을 농담으로 받아들이지 못하는 치명적 약점을 지니고 있었다. 여기서 비극이 시작된다. 학교 내 공산당원으로서 여러 가지 역할을 수행하고 학업 도 잘해 나가고 있던 루드빅은 당의 교육 연수에 마르케타를 빼앗기게 된 것이 분해, 한 통의 엽서를 써 보낸다.

낙관주의는 인류의 아편이다! 건전한 정신은 어리석음의 악취를 풍긴다. 트로츠키 만세! 루드빅

농담이었다. 아무 의미 없는 말일 뿐이라고 생각했던 그는 친근한

동지들로부터 버림을 받는다. 농담이 공포의 주제가 되는 아이러니. "장난으로 썼다 해서 내 엽서가 죄가 되지 않는 것은 아니라는 생각"에 길들여지기까지 그는 한 번도 인생을 진지하게 생각해 보지 않은지도 모른다. 어쩔 수 없이 군대에 입대한 그에게 남은 건 이제 시간뿐이었다. 가망 없는 미래와 끊어진 관계들, 돌이킬 수 없는 과거도 익숙해질 것이다. 슬픔에 사로잡혀 있던 그에게 '루치에'라는 새로운 여자가 다가온다. 아주 평범했던 그녀는 우수에 가득 찬 '느림(밀란 쿤데라의 또 다른 소설이기도 하다)'이 몸에 배어 있는 여자다.

> 슬픔, 우울의 공감보다 사람을 더 빨리 가깝게 만들어주는 것은 없다(그 가까움이 거짓인 경우가 많다고 하더라도). 말없이 고요하게 서로 감정을 공유하는 이런 분위기는 그 어떤 두려움이나 방어도 잠들게 하며, 섬세한 영혼도 속된 자도 모두 감지할 수 있는 것으로서, 사람을 가까워지게 만드는 방식 중 가장 쉬운 것이면서 반면에 가장 드문 것이기도 하다.

루치에와의 만남은 꽤나 낭만적인데, 그래서인지 이 소설에서 가장 이질적으로 느껴지는 부분이기도 하다. 그녀와의 만남으로 그저 무심히 흘러가던 루드빅의 시간은 점점 인간화된 얼굴을 다시 지니

게 되었다. 그녀는 "거대하고 일시적인 일들은 전혀 몰랐고, 다만 작
고 영원한 자신의 문제들을 위해 살았다". 탄광의 노역과 '역사의 바
깥으로' 내몰렸다는 사실에 절망했던 그는 그녀의 구원과도 같은 손
길에 안도감을 느낀다. 아마 그때가 그에게는 가장 행복했던 시절이
었을 것이다. 옷이 딱 세 벌밖에 없는 ― 그것도 모두 해지고 낡고 촌
스러운 것들 ― 어린아이처럼 입맞춤하던 고지식한 여자를 사랑한
죄로, 그는 또 어떤 고통을 맛보게 되었을까.

　　삶은, 아직 미완인 그들을, 그들이 다 만들어진 사람으로 행동하
　　길 요구하는 완성된 세상 속에 턱 세워놓는다. 그러니 그들은 허
　　겁지겁 이런저런 형식과 모델들, 당시 유행하는 것, 자신들에게
　　맞는 것, 마음에 드는 것, 등을 자기 것으로 삼는다. ― 그리고 연
　　기를 한다.

　　어른으로 심판받고, 추방되고, 탄광으로 보내지고, 모든 데에서
어른이어야 하면서 사랑에서만은 어른이 될 권리도 없고, 언제까지
이렇게 미숙해야 하는지 알 수 없어 그는 소리치며 분노한다. 가장
사랑하는 사람이 우리를 아프게 하고, "우리를 외롭게 만드는 것은
우리의 적이 아니라 친구"라는 사실을 그의 분노가 똑똑히 보여 준

슬픔, 우울의 공감보다 사람을
더 빨리 가깝게
만들어 주는 것은 없다.

다. 루치에의 강건한 섹스 거부의 이면에는 어떤 비밀이 숨겨 있을
까. (소설은 이렇게 끊임없이 질문을 던진다.) 제6부에는 신과 믿음에
대한 코스트카의 긴 독백이 이어진다. 그 독백 안에 루치에의 과거
와 현재, 미래가 다 들어 있다. "루치에에게 육체는 추악했고, 사랑은
비육체적이었다." 이제 책은 마지막을 내다보고 있다. 거의 다 왔다.

> 언제나 나는 루치에가 내게 일종의 추상이고 전설이자 신화라는
> 생각을 즐겨 되뇌어왔다. 그러나 지금 이 시적인 말의 배후에서 전
> 혀 시적이지 않은 진리를 깨닫게 되었다. 나는 루치에를 알지 못했
> 던 것이다. (…) 나는 그녀의 존재를 오로지 (청년기에 자아중심주의
> 에 빠져 있었던 탓에) 나에게로(나의 고독, 나의 예속, 애정과 사랑에 대
> 한 나의 욕구로) 곧바로 향해 있는 측면에서만 받아들였다. 그녀는
> 나에게 있어서 내가 체험한 상황의 기능에 불과했다.

책 제목과 작가 이름을 많이 안다고 그 사람이 똑똑한 것은 아닐
것이다. 기쁨은 비관주의자들의 가장 큰 무기이자 가면이다. 사실
루드빅은 유일하게 가면이 필요 없던 인물이었다. 그렇기에 그는 철
저히 망가졌고, 부서졌고, 다시 일어났다. 복수를 위해 시작한 헬레
나와의 사랑도 해프닝으로 끝을 맺고 우리의 루드빅은 어떤 또 다른

'농담'을 배우게 되었을까.

　"어디론가 사라져 버리고 싶은 마음, 혼자 있고 싶은 마음, 고약한 농담을 지워 버리고 싶은 마음, 마지막 흔적까지 모두 지워버리고 싶은 마음"이 그를 가득 채운다. 그 사건은 실수였을까, 아니면 필연적 결과일까. 그는 자신의 과거에 돌멩이를 던지는 헛된 놀이를 했다. 그리고 선명하게 깨닫는다. 기억의 영속성과 잘못(실수, 죄 등)을 고쳐 볼 수 있다는 가능성에 대한 믿음만큼 헛된 것은 없다는 것을.

　　고친다는 일은 망각이 담당할 것이다. 그 누구도 이미 저질러진 잘못을 고치지 못하겠지만 모든 잘못이 잊혀질 것이다.

　우리 모두 미래에 벌어질 일에 대해선 '이방인'이 아니던가. 과거는 과거에 있을 때에만 가치가 있는지도 모른다. 루드빅의 인생 후반부는 조금 다른 모습으로 전개되리라 믿는다.

『농담』과 함께한 심야의 BGM

Oblivion   아스토르 피아졸라

올리브 키터리지 *Olive Kitteridge*
엘리자베스 스트라우트

존경받을 만한 일상은
어디에나 있다

읽을 때마다 감탄하게 되는 책들을 다수 갖고 있는 나는 참 복이 많은 사람이다. 감탄도 반복되면 무뎌지게 된다고 하는데, 명작들은 매번 다른 감도의 감탄을 제공해 준다. 어느 페이지든 펼쳐서 아무 문장이나 읽어도, 고등학교 동창을 만난 것처럼 반갑고 저절로 미소를 짓게 하는 책이 있다. "일상적인 매일의 삶이 쉬운 것만은 아니라는 점, 그리고 존중할 만한 것이라는 점"이라고 말한 작가의 주인공들을 만나러 가는 시간. 『올리브 키터리지』에는 주변에서 흔히 볼 수 있지만, 제대로 깊게 생각해 보지 못했던 인물들의 이야기가 비단 양탄자 위를 걷듯이 부드럽게 펼쳐진다. 눈이 오거나, 비가 내리거나, 미세 먼지가 많은 날엔 집이나 단골 카페에 콕 박혀 하루 종일 읽어도 지루하지 않을 법한 이야기들이다. 그들을 다시 만날 생각을 하니 벌써부터 떨린다.

작가 엘리자베스 스트라우트는 수년간 출판사에 원고를 보냈지만 거절당하고, 직장이 있어야 한다는 통념에 저항하여 영국으로 갔던 배짱 있는 소설가이다. 그곳에서 그녀는 바에서 일하며 글을 썼다. 계속되는 낙방에 실망한 그녀는 이례적으로 로스쿨에 들어간다. 변호사 일은 적성에 맞지 않아 금방 그만두었지만, 글은 포기하지 않고 계속 써서 결국 이 책 『올리브 키터리지』로 2009년 퓰리처상을 수상하게 된다.

헨리 키터리지는 오랫동안 이웃 마을에서 약사로 일했다. 눈이 오나 비가 오나, 여름날 약국으로 이어지는 큰길로 들어서기 전 마지막 구간의 가시덤불에서 야생라즈베리가 송알송알 알이 맺힐 때나, 매일 아침 하루도 빠짐없이 약국으로 차를 몰았다. 은퇴한 지금도 그는 여전히 일찍 일어나 예전에 그런 아침을 얼마나 좋아했던가 떠올렸다. (…) 코끝을 간질이던 솔숲 향기와 소금기 짙은 공기, 그리고 겨울이면 찬 공기에서 묻어나는 냄새를 그는 얼마나 좋

아했던가. 그래서 그는 언제나 창문을 조금 열고 운전을 하곤 했다.
_「약국」 중에서

작가의 독특한 이력이 마법을 부린 걸까. 한 번도 가본 적 없는 미국의 바닷가 마을 크로스비 주민들이 영화 속 인물들처럼 살아 움직인다. 그녀처럼 나도 바에서 일해 볼까 심각하게 고민 중이다. 대학생 때 독일식 호프 전문점에서 서빙 아르바이트를 한 적이 있었는데, 그때 의미 없이 '뻐꾸기를 날리는' 종로의 직장인들만 재미없게 상대했었다. 카운터가 아닌 각자의 자리에서 계산을 하곤 했는데, 카드를 한 손으로 (내 얼굴을 쳐다보지도 않고) 툭 내미는 그들의 거만한 태도에 상처만 받았을 뿐, 그들은 내 문장에 초대조차 받지 못했다. "젊은 아가씨가 공부를 해야지, 밤에 이런 데에서 일하면 안 되지." 사실 그 어느 때보다도 낮에 도서관에서 책을 많이 읽을 때였는데, 그들은 나를 퍽 잘 안다는 듯이 말했다. 마치 "난 당신을 알아요. 그럼요, 당신을 알아요. 알고말고요"라고 확신하는 크리스토퍼(올리브 키터리지의 아들)의 첫 아내, 수잔처럼 말이다. 감히 짐작컨대 지금은 시집, 장가 안 간 자식들 때문에 속 좀 썩이는 별 볼 일 없는 중년으로 살아가고 있을 것이다.

책의 문장들이 굉장히 긴밀하게 연결되어 있어서 발췌하는데 좀

애를 먹을 것 같다. 약국을 운영하는 성실한 헨리 키터리지(오랫동안 약국을 운영하다 보면 모든 사람들의 비밀을 알게 된다), 그의 까다롭지만 정 많은 수학선생 아내 '올리브 키터리지(그녀가 중심인물이다)', 사춘기 소년 크리스토퍼(그는 의사가 되었다), 한 번도 피아노를 가져본 적이 없는 피아노 연주자 앤젤라(그녀에겐 몸을 파는 어머니가 있었다), 크리스토퍼의 아내가 된 박학다식한 외지 여성 수잔(크리스토퍼와 수잔은 결국 이혼한다), 젊은이들을 동경하는 철물점 주인 하먼 등 소설 속 인물들은 '존중받을 만한' 일상을 저마다 다른 에너지를 써서 견뎌 낸다. 그들에게 남편이나 아내, 자식, 직업은 인생의 '동력 장치'와 같았다.

　　울음은 올리브의 감정과 거리가 멀었다. 접이식 의자에 앉아 있던 그녀의 감정은 두려움이었다. 예전에 한 번 그랬듯이, 뒤에서 주먹으로 한 대 맞기라도 한 듯 심장이 다시 콱 닫히고 멈춰버릴 것만 같았다. 그리고 신부가 크리스토퍼를 바라보며 정말 그를 안다는 듯이 방긋 웃을 때도 두려움을 느꼈다. (…) 수잔이 누군가를 안다고 착각하는 것은 두어 주 동안 그 사람과의 섹스가 어땠는지 아는 것일 뿐이다. 물론 수잔에게 그런 말을 할 수는 없을 것이다.

올리브는 나이가 들수록 몸이 비대해지고, 그런 자신의 몸을 수치
스럽게 생각한다. 그러나 먹는 기쁨을 포기할 수는 없다. 그녀는 점
점 거구가 되어 간다. 약국, 밀물, 피아노 연주자, 작은 기쁨, 굶주림,
다른 길, 겨울 음악회, 튤립, 여행 바구니, 병 속의 배, 불안, 범죄자,
강……. 모든 꼭지에 올리브가 등장한다. 처음 헨리의 눈에 비친 올
리브만 봤을 때 호감형이 아니었는데 회를 거듭할수록 꼭 직접 만나
이야기를 나누고픈 인물로 변모한다. 오히려 헨리가 "인생이 백화점
카탈로그에서 말하는 것처럼 모두가 미소 짓고 있는 광경"이라고 믿
는 순진하고 답답한 사람이라는 생각이 들었다. 그녀에게 내 인생을
들려주고 싶다. "뭐든 나한테 말하고 싶은 게 있으면 해도 된다"고
말해 줄 것 같다. 왜 나이가 들수록 집이 좋아지는지, 왜 사람에게 마
음을 열기보다 닫는 것이 편한 건지, 아이를 위해 무엇을 포기해야
하는지, 외국에서 살려면 어떤 것이 필요한지, 직장을 다니며 글을
쓴다는 것이 가능한 것인지, 어쩌다 수학을 가르치게 된 것인지, 끝
도 없는 대화를 나누게 되겠지.

큰 기쁨은 결혼이나 아이처럼 인생이라는 바다에서 삶을 지탱하
게 해 주는 일지만 여기에는 위험하고 눈에 보이지 않는 해류가 있
다. 바로 그 때문에 작은 기쁨도 필요한 것이다. 브래들리스의 친

절한 점원이나, 내 커피 취향을 알고 있는 던킨 도너츠의 여종업원처럼. 정말 어려운 게 삶이다.

그렇다. 작은 기쁨이 우리 삶을 지탱해 준다. '사소한', '소소한', '간소한'이란 수식어가 너무 많이 쓰여 팬시용품처럼 부끄럽게 느껴지기도 하지만, '사소한 일상'의 소중함을 존중하지 않으면 우리 인생은 얼마나 더 허무해질까. 소설은 물론, 삶의 기쁨만 이야기하지 않는다. 남몰래 저지르는 작은 악행들도 곳곳에 숨어 있다. 뭐, 개인적인 측면에서 그 악행들은 애교가 되기도 하지만. 인생은 어차피 한 치 앞도 모르는 것이니 그저 지켜보는 수밖에. 킥킥 저절로 웃음이 나온다.

언젠가 제이스가 그녀에게 말했다. 해결책을 생각해낼 수 없으면 생각을 지켜볼 게 아니라, 행동을 지켜봐야 한다고.

경험 많은 작가는 우울증에 웃음만큼 좋은 명약이 없다는 사실을 너무나 잘 안다. 삶에 찌든 아들이, 개자식 같은 말을 쓰는 것을 처음 본 올리브는 오랜만에 '웃었다'. 그녀는 아들의 인생에서 밀려났던 자신이 다시 아들의 인생에 초대(그는 두 아이가 있는 앤과 재혼한 후

작은 기쁨이 우리 삶을 지탱해 준다.
'사소한 일상'의 소중함을 존중하지 않으면
우리 인생은 얼마나 허무해질까.

세 번째 아이를 기다리며 지쳐 있었다)되었다는 사실만으로 희망에 부풀어 올랐다. 무엇 하나 제자리에 있지 않은 그 집에서 그녀는 정말 희망을 찾게 되었을까?

이야기는 끝도 없이 이어진다. "점점 더 무서워지는 삶의 바다에서 나는 안전하다는 느낌"을 받고 싶을 때마다 이 책을 클릭해서 연다. 차가운 아이패드 속에 이토록 따뜻한 소설이 들어 있다니 놀라운 일이다. 더 이상 종이책과 전자책의 경계가 존재하지 않는 내 독서 생활은 때와 장소를 가리지 않는다. 집에 두고 온 책이 읽고 싶어, 가끔 서점에 가서 같은 책을 두 번 사는 바보 같은 짓도 했었는데 이제 그러지 않아도 된다. 내 손엔 항상 아이패드가 있고, 아이패드 안엔 수천 권의 책이 다운되어 제자리를 지키고 있다. 언제든 자신을 열기만 하면 된다는 듯이 빛을 내며.

나는 알면 알수록 매력적인 올리브 키터리지라는 인물을 『직업의 광채(블루칼라 화이트칼라 노칼라 시리즈 2)』 속 「약국」이란 단편으로 처음 만났다. 한밤중에 「약국」을 읽는 순간, 엘리자베스 스트라우트라는 생소한 작가의 작품이 너무나 읽고 싶어졌다. 다행히 작가의 유일한 국내 번역본이자 대표작인 『올리브 키터리지』의 전자책이 인터넷에서 판매되고 있었고, 바로 네이버북스 앱을 통해 책을 구매했다. '올리브'는 그렇게 내 삶 속으로 한순간에 들어왔다. 퉁명스럽고, 성격이 불같고, 눈물 한 방울 안 흘릴 것같이 냉정하고, 덩치가 커서 무섭게 보일지라도 올리브는 색색의 피가 도는, 가장 인간다운 인간이었다. 갑자기 올리브만큼 변덕스럽고, 이제는 잘 울기까지 하는 우리 엄마가 생각이 났다. 엄마는 내가 어릴 때 얼마나 많은 눈물을 안으로 삼켰을까. 엄마의 눈물로부터 도망쳐 왔지만, 나는 크리스토퍼처럼 그녀를 외면할 수 없다. 그녀는 곧 나이므로.

올리브는 꼭 눌러 붙여놓은 스위스 치즈 두 조각을, 이 결합이 지닌 숭숭 난 구멍들을 그려보았다. 삶이 어떤 조각들을 가져갔는지를.

.
.

나를 더 이상 사랑할 수 없어요, 어쩌죠?

"어디서부터가 고백이며 어디부터가 남들에 대한 고발일까? 이 책속에서 말을 하고 있는 사람은 자기 자신을 심판하고 있는 것인가, 그의 시대를 심판하고 있는 것인가? 그는 어떤 특수한 경우일까, 아니면 현대인일까? 이 고심하여 맞추어놓은 거울놀이 속에서 하여간 단 하나의 진실이 있다면 그것은 오직 고통, 그리고 그 고통이 약속하는 바 그것뿐이다." _'작가의 말' 중에서

낮의 만남이 남긴 들뜬 마음을 가라앉히려고 알베르 카뮈에게 기대 보는 밤이다. 새벽 4시마다 찾아오는 치명적인 허기가 두려워 피자 한 판을 해치운 상태이다. 이제 아무것도 걱정할 필요없다.

『전락』

알베르 카뮈의 작품 중에서도 난해하기로 유명한 이 작품은 알고 보면, 가장 유쾌한 화법으로 쓰인 책이다. 이 책을 아주 조심히, 천천히, 하루에 몇 장씩 정해 놓고 읽었고 또 읽고 있다. 책은 자기 고백체로 자신을 고발하고, 남을 판단하며, 알고 싶지 않은 인간의 면면을 카뮈 식으로 발설하고 있다.

'전락'

다시 한 번 책 제목을 적어 본다. "나쁜 상태나 타락한 상태에 빠짐"을 뜻하는 책 제목은 수다스러운 변호사(클라망스)의 상태를 나타내고 있는 듯하다. 나아가 인간(인류) 전체를 지칭하는 단어이기도 하다. 우린 모두 위선적이다. 특히 소위 배웠다는 '지식인'들은 더욱 그렇다(고 한다). 다음 발췌한 문장을 읽어 보자. 머리가 조금 아파질지도 모르겠다.

당신의 친구들이 자기들한테만은 솔직하게 대해달라고 하거든 그들을 믿어서는 안 됩니다. 그들은 다만 자기들이 자기 자신에

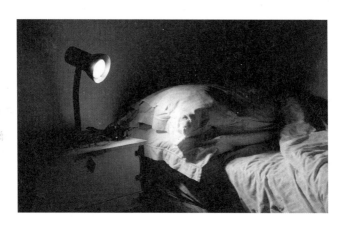

읽을수록 인간이 싫어지지만,
작가는 잃지 않았다. 카뮈는 고통을 이야기할 때
그 진가가 발휘된다.

대해서 지니고 있는 좋은 평가를 당신도 보증해주기를 바라는
것뿐입니다. (…) 한사코 진실만을 요구하는 취미는 그 어느 것
하나 곱게 그냥 놓아두지 못하는 광증으로서, 무엇이든 여기에는
당해내지 못합니다. (…) 그러니까 만약에 선생께서 그럴 경우에
부딪히게 되거든, 솔직하게 말하겠노라고 약속은 하시되 될 수
있는 대로 거짓말만 하도록 하세요. 그러면 그들의 절실한 욕구
에 응하는 것이 되고 그들에 대한 선생의 애정을 이중으로 증명
하는 셈이 될 겁니다. (…) 우리는 그저 남에게 동정을 받고 제가
가고 있는 길을 가면서 격려를 받고 싶은 겁니다. 요컨대 죄를 짊
어지고 있는 것도 싫고 또 동시에 깨끗해지려고 노력하지도 않겠
다는 겁니다.

　사실 난 카뮈를 '머리를 아프게 하기 위해서' 읽었다. 무늬만 대
학생으로 사는 게 하도 헛헛해서, 30년은 족히 된 듯한 강의 노트
를 줄줄 읽어 대는 한문학 수업이 공허해서, 철자 한 자, 띄어쓰기
하나, 조사 하나까지 물고 놓지 않는 것이 편집자의 본분이라는
말을 이해해 보려고 읽었다. 그때마다 카뮈는 결코 나를 실망시키
지 않는다.

"솔직하게 말해 달라"고 상대방이 요구하면 거짓말을 하라고 부추기는 화자는 그 이유에 대해서 저리도 장황히 상황 설명을 해 놓는다. 대학 땐 '맞아, 맞아' 하면서 심하게 머리를 조아리며 읽었는데 오늘은 조금 다르게 읽힌다. 카뮈가 그린 인물들은 보통 사람들에 근접해 있다. 반드시 일반인과 구별되는 '개성'을 지닌 초인적인 측면에서 인류애는 저런 식으로 매장되진 않을 것이다. '오늘은 병든 자에게 축복을!'은 잠시 미루어 두고……. 처음으로 반(反)카뮈를 외치며 마거릿 미드의 말을 인용해 본다.

> "헌신적인 소수의 영혼들이 세상을 변화시킬 수 있다는 것을 의심하지 않는다. 실제로 세상을 바꾸었던 유일한 존재는 바로 이들이었다."
>
> _마거릿 미드Margaret Mead

나는 소수의 영혼이 세상을 변화시킬 수 있다고 믿는다. 다시 레비스트로스나 맑스, 막스 베버, 부르디외를 읽던 밤으로 돌아간 기분이 든다. 동시에 참고 도서와 유사 도서가 꼬리에 꼬리를 물고 떠오른다. 자크 라캉의 발표를 시켜 놓고 앉아서 꾸벅꾸벅 졸던 교수님 얼굴도 생각난다. "내 마음속에서 무엇인가가 경보를 울립니다." 위험한 순간에는 무조건 속도를 늦추라고 카뮈가 내게 손을 흔든다. '이해할 수 없음'을 이해하려고 했던 혼자 깨어 있던 밤들이 카뮈의 긴 독백과 함께 깨어난다. 지금부터 카뮈의 『전락』 속 문장들과 함께 꼬리잡기 놀이를 할까 생각 중이다. 이 천재의 작품을 이해하기 위해선 이 방법밖에 없다. 오늘은 내 멋대로 불친절해지고 싶다.

편집자는 누구나(세 살 아이도) 이해할 수 있는 카피로 책을 포장해야 한다. 내 수많은 비문들이 빨간 플러스펜으로 읽기 쉽게 교정되기 이전에 나는 꽤 자신감이 있었던 문장가였다. "내게 권리가 있다는 느낌, 내가 옳다는 만족감, 나 자신을 높이 평가하는 데서 오는 기쁨"이 글을 써 나가는 강력한 원동력이었다. 작품의 줄거리보다는 내 감상 한 줄이 더 가치 있다고 생각했다. "불성실함이 정말 그렇게

나쁜 것인가? 나는 그렇게 생각하지 않는다. 그것은 우리의 개성을 증대시키기 위한 하나의 방법일 뿐이다"란 오스카 와일드의 문장을 발견하고 나의 불성실함의 방패로 사용했다.

거침없이 오만했고, 책을 읽지 않은 이들의 미래는 뻔하다고 생각했다. 한 장, 한 장 책을 읽고 넘어갈 때 느끼는 만족과 몽상을 모르는 이들과 무슨 대화를 하겠는가. 그들처럼 평범해지느니 차라리 죽는 게 낫다고 생각했다. (에고이즘이 하늘을 찌르던 시절 내 애창곡의 제목도 에이브릴 라빈의 'Anything But Ordinary'였다.) 물론, 사람들 앞에서 티는 내지 않았다. "예의 바른 태도"는 언제나 유리한 상황을 만들어 주기 때문이다. "무슨 일이 일어나 주었으면 하고 바라는 심정"으로 친절을 베풀었다. 구경거리를 찾아 나섰다. 이십만 원이 넘는 스웨터를 사기 위해 백화점에서 주말 아르바이트를 했고, 당장 등록금도 없으면서 여행을 다녔다.

"숨김없이 웃는 멋진 미소에다가 힘 있게 그러쥐는 악수." 이것이야말로 이 뻔뻔한 변호사의 성공 비결이었다. 시종일관 그는 "선생, 내 이야기 좀 들어봐요" 하고 재촉한다. 잠시도 이야기를 쉬지 않는다. 그는 자기 자랑을 하지 않고서는 이야기를 할 줄 모르는 인간이다. "사람이란 남을 지배하든가 섬김을 받든다 하지 않고는 배기지 못한다는 것"을 강조하며 슬슬 노예를 구워삶는 법까지 알려 준다. 남을 도와줌으로써 자신의 품격이 올라간다는 고백만 놓고 봤을 때, 그는 그렇게까지 나쁜 사람은 아니다. 자신의 매력을 파악하고 그걸 이용했다고 해서 비난받을 일도 아니다.

다만 『전락』은 "애매한 작품이며 기이한 이야기요 시니컬한 독백"이라는 사실을 잊지 말아야 한다. 나는 모든 사람에게 친절해야 했고, 말을 하지 않고 있으면 '화난 인상'이라 최대한 말을 하려고 노력했다. 책의 내용을 충실히 반영한 1,000자 노트와 보도 자료를 써야 했고, 못 쓴 글도 칭찬하고 더 좋은 글이 나올 수 있도록 웃으며 격려했다. 부단히 노력했음에도, 행복해지기 위해 남의 걱정을 지나치게 하지 않았다는 이유로 나는 나만 아는 아이가 되어 있었다. '전락'하고 만 것이다. 말을 하려고 할 때마다, "난 네가 무슨 말을 하는지 모르겠다"라는 피드백이 올 것 같아 입을 다물었다. 그 후 나는 아침 인사, 저녁 인사, 업무 보고가 전부인 하루하루를 선물 받았다.

공격을 방어하는 유일한 길은 악질적으로 구는 것뿐이에요. 그래서 사람들은 자기가 심판받지 않으려고 부랴부랴 남을 심판하려 덤비는 겁니다. 어쩌겠어요? 인간에게 가장 자연스러운 생각, 마치 본성의 바탕으로부터 우러나듯 저절로 떠오르는 생각은 바로 자기는 아무 죄가 없다는 생각입니다.

　솔직히 말해서, 무슨 변명이 필요하겠는가. 나는 아무 죄가 없다. 그들도 아무 죄가 없다. 단지, 서로가 다를 뿐이다. 나에 대한 만족감이 확실히 줄어들었다고 느꼈을 때, 변함없이 그대로인 말 많은 파리의 변호사의 독백을 읽는다. 우리는 "아침을 잃었고 자기 스스로를 용서하는 자의 고귀한 결백성"도 잃었다. 읽을수록 인간이 싫어지지만, 작가는 잃지 않았다. 카뮈는 고통을 이야기할 때 그 진가가 발휘된다. 나에 대해, 나를 알거나 모르는 남에 대해 조금 너그러워질 필요가 있다. 더 이상의 '전락'은 없어야 한다.

　바른 행동은 곧 자유일지니
　과거에서도 또 미래에도,
　우리들 대다수에겐 이것이 목표
　결코 이 생에서 실현할 수 없는,
　허나 단지 쉼 없이 노력했기에

패자는 아닐지니…….

　　　　　　　　_T.S. 엘리엇 「메마른 인양선」 중에서

위대한 개츠비 *The Great Gatsby*
F. 스콧 피츠제럴드

당신은 희망의 증거가
되고 싶은가요?

영화로 제작되는 소설 속 주인공의
특징이라면 어떤 것이 있을까?『안나 카레니나』의 안나처럼 자살로
삶을 마감하는 극적인 요소가 있거나『오만과 편견』의 엘리자베스
처럼 주변 인물보다 뛰어난 독립성을 자랑해야 영화에서 주인공 자
리를 꿰찰 수 있다. 그럼, 지난 2013년에「로미오와 줄리엣」의 감독
바즈 루어만과 배우 레오나르도 디카프리오의 재회로 화제가 되었
던 영화「위대한 개츠비」의 개츠비는 어떤 매력이 있기에 두 번이나
영화로 만들어졌을까? 그는 확실히 연민을 불러일으키는 로맨티스
트의 전형성을 지닌 인물이다. 대단한 비밀을 감추고 있는 매력적인
속물처럼 보이기도 한다.

　철저하게 상상력이 없던 시절, 나는 하루키를 통해『위대한 개츠비』의 작가 피츠제럴드를 알게 되었다. 작품만큼 비밀스런 사생활로 유명한 피츠제럴드의 장편 소설의 수는 턱없이 적다. 그가 생계를 위해 당장 써낼 수 있는 '단편' 쓰기에만 열을 올렸기 때문이다. 사실, 피츠제럴드를 알기 전까지 '개츠비'는 학창 시절 멋있던 남자 친구가 머리에 덕지덕지 바르던 왁스를 떠올리게 하는 단어에 불과했다.『위대한 개츠비』는『상실의 시대』의 주인공 와타나베가 즐겨 읽던 — 즐겨 읽다 못해 외우다시피한 — 소설이기도 하다. 단 한 페이지도 시시한 페이지가 없다고 말한 와타나베를 믿고 만났던 개츠비의 비극적인 인생이 처음부터 마음에 와 닿았던 것은 아니다. 이유는 첫째, 끝까지 속물적인 데이지를 받아들일 수 없었다.『보바리 부인』의 엠마보다 더 부도덕한 여주인공이라니……. 둘째, 개츠비의 순정이 순정처럼 느껴지지 않아 지루했다.

　그렇게 잊고 지내다, 서른 살 여름에 다시 읽은『위대한 개츠비』는 '단 하나의 초록색 불빛'을 환히 비추는 내 인생의 문학이 되었다. 이따금 아주 감상적이고 싶은 날, 그가 보여 준 '낭만적인 민감성'을 만나면 죽어 있던 창작욕이 생기기도 한다. 이 작품의 배경이 된 '재즈의 시대'는 당시의 무법자인 백만장자들과 일류 사기꾼들의 놀이

판이었다. 그 놀이판에서 금수저를 물고 태어나지 못했지만, 끝까지
희망을 포기하지 않는 비상한 재능을 가진 개츠비. 그의 꿈은 왜 그
토록 무모하게 무너져야만 했을까. 그리고 소설 속 화자인 닉은 왜
개츠비가 '위대하다'고 했을까. 한 문장도 놓쳐서는 안 되는 작품이
다. 1920년대의 작품이라는 사실이 놀라울 정도로, 소설 속 시공간
이 현재와 닮아 있기 때문이다. 소설은 데이지의 먼 친척이자 개츠
비의 이웃인 닉의 회상으로 시작한다.

　　지금보다 어리고 쉽게 상처받던 시절 아버지는 나에게 충고를 한
　　마디 해 주셨는데, 나는 아직도 그 충고를 마음속 깊이 되새기고
　　있다. "누구든 남을 비판하고 싶을 때면 언제나 이 점을 명심하여
　　라." 아버지는 이렇게 말씀하셨다. "이 세상 사람이 다 너처럼 유리
　　한 입장에 놓여 있지는 않다는 것을 말이다."

　닉은 중서부 도시에서 꽤 알려진 부유한 집안에서 태어났다. 아버
지의 가르침에 따라 그는 "기본적인 예절 감각이란 태어날 때부터
저마다 다르게 분배되는 것"이라 알고 행동했지만, 세월이 흐른 후
(그러니깐 개츠비를 만난 이후) 더 이상 특권을 지닌 시선으로 인간의
내면을 오만하게 들여다보지 않게 되었다고 고백한다. 그를 이렇게

변화시킨 개츠비의 인생이 무진장 멋질 것만 같다.

　독자들뿐만 아니라 세상 사람 모두에게 낭만적인 추측을 불러일으키는 '푸른 정원'의 주인 제이 개츠비는 데이지란 여자를 사랑했었다. 데이지는 그가 난생처음 알게 된 '우아한 여자'였다. 그녀와 함께라면, 메마른 땅도 촉촉해지고 가난에 찌든 삶도 곧 윤택해질 것만 같았다. 물론, 그녀는 개츠비를 배신한다. 그녀는 돈으로 시작해서, 돈으로 끝나는 여자이기 때문에 부호의 아들이자 학벌도 좋은 톰 뷰캐넌과 결혼하는 클리셰를 벗어나지 않는다. (톰 또한 '있는 집' 자식답게 거만하고 세상 무서운 줄 모르는 캐릭터이다. 뉴욕에 정부情婦를 두고 있다.) 그럼에도 불구하고, 개츠비는 그녀에게 '푸른 정원'을 선물하기 위해 악착같이 돈을 벌어서 돌아온다. 부촌 이스트에그에 사는 데이지, 신흥 부촌 웨스트에그에 사는 개츠비. 이 둘은 언제쯤 다시 만나게 될까. 모든 게 닳고 닳은 여자라고 자신을 업신여기다가도, 금세 최고의 자리에 오른 귀부인처럼 노래하는 데이지의 오락가락하는 성격을 참으며 읽다 보면, 이제 둘의 만남이 가까워지고 있음을 알 수 있다. 저 멀리, 부두의 맨 끝자락을 밤마다 손을 뻗어 가리키는 한 남자의 절절한 사연이 궁금해진다.

그는 한 번도 데이지한테서 눈을 떼지 않았다. 그녀의 사랑스러운 눈동자가 보이는 반응 정도에 따라 자기 집의 모든 것을 재평가하는 것 같았다. 놀랍게도 그녀가 실제 눈앞에 있는 이상 다른 그 무엇도 더 이상 의미가 없다는 듯이 그는 이따금씩 자신의 소유물들을 멍한 시선으로 둘러보았다.

개츠비는 자기 집에 요란스럽게 불을 밝힌 사이 몇 시간이나 '방들을 둘러보는' 취미를 가지고 있다. 그녀가 우연히 자신의 집에 왔을 때, 얼마나 화려해 보일지 가늠해 보는 것이리라. 그는 첫사랑이자 자신의 유일한 사랑인 데이지가 자기 파티에 우연히 들르기를 바랐다. 그래서 밤마다 성대한 파티를 열어 사람들을 끌어 모았던 것이다. 단지 '데이지에게 자기 집을 보여 주기 위해' 그는 자신을 속이고, 모두를 속이고, 세상을 속였다고 착각한다. 데이지가 원하는 돈과 저택을 갖고만 있으면 그녀가 자신에게 돌아올 것이라고 믿는 이 순정남의 최후는 사창가를 비추는 홍등만큼이나 처량하다. 그가 피아노 연주자에게 억지로 치게 했던 「사랑의 둥지」란 노래의 가사는 개츠비의 슬픈 운명을 잘 보여 준다.

아침에도 / 저녁에도 / 우리는 즐겁지 않은가…… / 한 가지는 분

멍하지 다른 일은 잘 몰라 / 부자는 더욱 부자가 되고 / 가난한 사
람에게 생기는 건 아이들뿐 / 그러는 동안 / 그러는 사이⋯⋯

속담에 "놓친 고기가 커 보인다"는 말이 있다. 이 말을 개츠비의
애정관에 갖다 붙이면 너무 억지스러운 걸까. 한 가지는 분명하다.
놓친 고기는 돌아오지 않는다. 그 고기가 죽어서 수면 위로 떠오르
지 않는 한 영영 그 고기는 그의 것이 아니다. 개츠비는 알면서도 물
속으로 뛰어들었다. 그의 무모함이 곧, '위대함'으로 불리게 된 것이
다. 1923년과 1924년, F. 스콧 피츠제럴드가 뉴욕 롱아일랜드와 프
랑스 세인트 라파엘을 오가며 쓴 개츠비의 이야기는 시공간과 세대,
나라를 뛰어넘어, 약 100년이 지난 지금까지도 사랑받고 있다.

이제 나는 이 이야기가 결국 서부의 이야기였다는 것을 알고 있다.
톰과 개츠비, 데이지와 조던과 나는 모두 서부 출신이었고, 어쩌면
우리는 왠지 동부의 삶에 적응하지 못한다는 어떤 결함을 공유하
고 있었는지도 모른다.

'위대한 개츠비' 저택의 오렌지빛 처량함을 맛보기 위해 심야에
영화관을 찾아갔다. 셰익스피어의 고전『로미오와 줄리엣』을 MTV

뮤직비디오보다 화려하게 재탄생시켰던 바즈 루어만이 우리의 가여운 개츠비를 얼마나 휘황찬란하게 망가뜨려 놓았을까 궁금했다. 모두가 타이타닉이 가라앉는다는 것을 알고도 영화 「타이타닉」을 보러갔듯이, 나는 개츠비의 비참한 끝을 알면서도 그 영화를 보러 갔다. 비록 '영원한' 로미오인 레오나르도 디카프리오가 기름진 얼굴과 함께 비대해진 몸매를 자랑하는 개츠비로 변해 조금 놀랐지만, 영화는 소설의 '쓰라린 슬픔과 숨 가쁜 환희'를 뮤지컬적 효과를 사용해 어느 정도 잘 각색했다. 데이지의 속물적인 매력도 영리한 배우, 캐리 멀리건이 잘 소화한 것으로 보였다. 다만 지나치게 자기도취에 빠진 듯한 주변 인물들과 뜬금없는 대사 전달이 문제였다. 처량했다기보다 비릿했다.

그러나 책도 영화도 시공간을 달리해서 만나면 다르게 다가오는 법. 지상의 낙원이라 할 수 있는 인도양을 흠뻑 즐기고 아쉽게 인천으로 돌아오던 비행기 안에서 이 영화를 다시 한 번 봤다. 그러자 몽환적인 라나 델 레이의 「Young and Beautiful」에 취해 하염없이 '초록빛 불빛'이 가리키는 희망을 어루만져 주고 싶어졌다. 번쩍거리는 고급 승용차, 개츠비가 주말마다 벌이는 사치스러운 파티, 산산이 흩어지는 진주 목걸이 그리고 절규하는 개츠비. 술을 너무 많이 마셔 쓸모가 없고, 모든 것이 역겨웠다고 회상하며 닉 캐러웨이(영화 「스파이더맨」으로 유명한 토비 맥과이어가 맡았다)는 말한다. "결국 개츠비가 옳았어요. 그렇게 매사 긍정적인 사람은 없었어요. 어떤 역경도 그의 꿈을 무너뜨리지 못했어요." 개츠비에게 죄가 있다면 아마도 가치가 없는 것을 쫓은 죄밖에 없을 것이다. 삶의 급격한 변화는 비극을 부른다. 피츠제럴드는 그 생각 하나로 『위대한 개츠비』를 완성했다. 나는 희망의 증거가 되고 싶지는 않다. 오래 살아남아, 모든 집과 모든 인생엔 결함이 필연적이라는 것을 증명하고 싶을 뿐이다.

내가 읽은 『위대한 개츠비』

지난해 초 헤밍웨이의 장편을 번역한 김욱동 교수의 정통 번역본인 민음사 세계문학 전집 75번째 책인 『위대한 개츠비』를 2권이나 갖고 있다. 책벌레의 지독한 건망증 탓에 산지도 모르고 또 샀는데, 내가 읽은 책은 2판 6쇄본이다. 간결한 번역문이 마음에 들어 을유세계문학전집 『위대한 개츠비』(김태우 옮김)도 한 권 더 갖고 있다. 이 번역 대본은 비교적 가장 최근에 간행된 2004년 스크리브너 출판사 판으로 현대적인 느낌을 많이 살렸다. 영화 개봉일에 맞춰, 문학동네는 소설가 김영하의 '감성 번역'을 내세워 또 다른 『위대한 개츠비』를 내놓았다. 김영하와 피츠제럴드의 조합은 하루키와 레이먼드 카버의 조합만큼 잘 어울린다. 피츠제럴드의 광팬들에게 이보다 좋은 소식은 없었을 것이다. 이 기회에 그의 역작, 『밤은 부드러워』의 오래된 번역도 감각적으로 재탄생하기를 기대해 본다.

내게
영원히 기억될
당신

안나 카레니나 *Анна Каренина*
톨스토이

불행은 각기 다른
아름다움을 가지고 있다

한 글자라도 적고 자야 할 것 같아서 스탠드를 다시 켜고 앉았다. 내 머리맡에 쌓여 있는 10여 권의 소설책들 중에서도 두께만은 남부럽지 않은, 사실 모든 소설책을 KO패 시키는 『안나 카레니나』 1, 2, 3권이 제일 위에 있다. 거실에선 시사 프로그램의 사회자 목소리가 들리고, 꼭 밤에 빨래하는 엄마 덕분에 세탁기 소리도 배경 음악으로 깔려 있던 날이었다. 대학원생인 남자친구는 실험에 열중하고, 직장인인 나는 내일을 위해 잠들어야 하는 시간. 어쩌자고 또 손에 쥐는 것도 힘겨운 두꺼운 소설책을 펴드는 걸까. 일곱 시간이 지나면 분명, 책을 붙들고 씨름하게 될 것이 분명한데도 말이다.

"모든 행복한 가정은 비슷한 모양을 하고 있지만, 불행한 가정은 제각각 불행의 이유가 다르다"라는 세계에서 가장 유명한 문장으로 시작하는, 주인공의 이름이 제목인 소설, 『안나 카레니나』. 긴 추위가 계속되었던 지난겨울을 그나마 견딜 수 있게 해 주었던 작품이다. 남편과 자식을 버리고(!) 젊은 장교에게 눈이 멀어 버린 부도덕한 안나 카레니나를 거장 톨스토이는 왜 단편도 아닌 번역본으로 장장 2,000페이지에 달하는 장편 소설로 풀어내야만 했을까?

『안나 카레니나』는 비단 안나의 불륜만을 다루고 있지 않다. 이 거대한 서사 속엔 톨스토이가 살았던 시대의 잣대와 불운과 고독과 환희가 살아 숨 쉰다. 러시아 소설이 생소한 이들에겐 '알렉세이 알렉산드로비치 카레닌', '알렉세이 키릴로비치 브론스키', '콘스탄친 드미트리치 레빈'과 같은 등장인물의 이름만 보아도 하품이 나올지 모른다. 100쪽이 넘어가는데도 주인공 '안나'는 등장하질 않으니, 성격 급한 이들에겐 1권의 반을 넘기는 것도 큰 도전이 될 것이다.

하지만 참을성 있게 읽어 가다 보면, 시골에 사는 귀족 레빈을 통해 '노동의 신성함'을 이야기하는 톨스토이의 섬세함을 이해하게 된다. ("기나긴 노동의 하루는 그들 안에 유쾌함 이외의 다른 흔적을 전혀 남기지 않았다"와 같은 육체 노동요를 연상시키는 문장도 만날 수 있다.) 그의 기가 막힌 풍경 및 인물 묘사에 감탄하다 넋이 나가기도 한다.

톨스토이의 의식 흐름을 따라가다 보면,
안나와 브론스키 그리고 레빈과 키티의 모습에서 자신의
행복에 대한 집착을 발견할 수 있을 것이다.
우리는 모두 행복하기 위해 이 세상에 온 사람들이기 때문이다.

새롭게 읽을 때마다 그 인물의 외모와 성격이 눈앞에서 그려진다. 가령, 다음과 같은 인물 묘사를 보자.

> 브론스키는 그녀의 얼굴에서 뛰노는 절제된 활기를 포착할 수 있었다. 붉은 입술을 곡선 모양으로 만든 희미한 미소와 빛나는 눈동자 사이에서 차분한 생기가 날개를 파닥이며 날아다녔다. 마치 그녀의 존재에서 어떤 것이 넘쳐흘러 그녀의 의지와 상관없이 반짝이는 눈빛과 미소로 나타나는 것 같았다.
>
> 브론스키는 눈웃음을 지으며 수염 끝을 매우 조심스럽게 꼬았다. 마치 자신의 문제에 질서를 부여한 후 지나치게 대담하고 빠른 동작은 그 질서를 무너뜨릴 수도 있다는 듯한 태도였다.

정적이고 사려 깊은 안나와 출세욕이 강한 브론스키의 '얄궂은 사랑의 끝'을 암시하는 문장들을 찾는 재미도 있다. 사랑의 도피 속에 그림에 대한 과욕을 부리는 브론스키의 짧은 예술 생활은 작가의 위트가 극에 달하는 에피소드다. 안나는 왜 벗어진 머리카락을 애써 숨기는 브론스키의 행동을 눈치채지 못했을까(아, 그녀는 사랑에 눈이 먼 여자였지……). 내가 안나라면 안전한 지옥을 버리고, 불행한 천국 속으로 뛰어들 수 있었을까. 우리는 왜 타락한 여자라고 손가락질

받는 안나를 이토록 아끼는 것일까. 모든 사람들을 부드럽게 대하는 안나의 꾸밈없고 쾌활한 태도는 어떻게 배울 수 있을까. 레빈과 키티의 사랑이야말로 톨스토이가 꿈꾸던 유토피아일까. 언제나처럼 수많은 질문을 던지고 작가는 침묵한다. 오늘 밤도 쉽게 잠들긴 글렀다.

그*는 그녀**가 그에게 가까운 존재라는 사실뿐 아니라 이제는 어디까지가 그녀이고 어디서부터가 자기인지 모르게 됐다는 걸 깨달았다. 그것은 그 순간 경험한 둘로 나뉘는 괴로움을 통해 깨달은 것이었다. 처음에는 그도 화를 냈지만, 바로 그 순간 그는 그녀에게 화를 낼 수 없다는 것을, 그녀는 곧 그 자신이라는 것을 깨달았다.

어느 날, 갑자기 태풍처럼 찾아온 사랑은 안나를 둘러싸고 있던 안전한 것들의 무가치성을 돋보기를 들이댄 듯이 적나라하게 보여 준다. 반면 성실하고 자신만 바라봐 주는 레빈을 통해 키티는 여성으로서, 한 남자의 아내로서 자신이 있어야 할 곳을 정확히 알게 된다. 톨스토이의 의식 흐름을 따라가다 보면, 안나와 브론스키 그리고 레빈과 키티의 모습에서 자신의 행복에 대한 집착을 발견할 수 있을 것이

* 레빈
** 키티

다. 우리는 모두 행복하기 위해 이 세상에 온 사람들이기 때문이다.

　브론스키가 안나의 아름다움과 우아함에 지쳐가고 있을 때쯤 나는 안나가 이미 끝을 알면서도 내릴 수 없는 기차에 오른 여인임을 직감했다. '여성 심리 묘사의 대가'인 톨스토이는 너무나 슬프고 섬세한 묘사로 안나의 최후를 천천히 준비시킨다.

　독이 든 사랑의 맹세로 안나는 침착함을 되찾아 가지만 처음부터 믿을 수 없는 인간성을 보여 준 브론스키는 독자들에게 쉽게 행복을 내주지 않는다. 철저히 모든 것이 부서졌지만 영원히 기억될 여인, 안나 카레니나. 그녀의 명복을 빈다.

톨스토이는 어쩌다 여성 심리의 대가가 되었을까?

톨스토이는 아홉 살에 고아가 되어 여러 친척 집을 전전하는 동안 늘 눈치를 볼 수밖에 없었는데 남의 집살이를 하게 되면 아무래도 '저 사람들이 나를 어떻게 생각할까?' 예민하게 반응하게 되죠. 그런 심리가 체질화된 탓도 있을 겁니다. 그 덕분에 톨스토이는 어린 나이에 대단한 관찰력의 소유자가 됩니다. 특히 여성 심리의 대가입니다.

_『로쟈의 러시아 문학 강의』 중에서

색채가 없는 다자키 쓰쿠루와 그가 순례를 떠난 해
色彩を持たない多崎つくると、彼の巡禮の年
무라카미 하루키

당신은 어쩜,
그렇게 그대로인가요

　　　　　　　　　　　　오래 연애하다가 결혼해서 좋은 점은
속까지 훤히 보이는 사람 곁에서 예전보다 안온한 기분에 젖어 일을
할 수 있다는 것에 있다. 그리고 결정적인 한방, '익숙한 살냄새'에 길
들여진 것도 나쁘지 않다. 늦은 밤까지 글을 쓰거나 책을 읽은 후 남
편의 가슴팍에 잠시 기대어 내 것인 것 같은 살냄새를 맡는다. 그의
잠꼬대를 들으며 잠을 청하면 말로 표현할 수 없는 안도감이 든다.
아, 오늘 하루도 잘 지나갔구나……. 언제나 하루키 소설은 내게 이
와 비슷한 감정을 불러일으킨다.

　　기이할 정도로 선인세가 높아진 그의 2013년 소설 『색채가 없는

다자키 쓰쿠루와 그가 순례를 떠난 해』. 제목이 하도 길고 난해해서 지인들이랑 그냥 '다자키 순례'라고 불렀다. 삶의 상실과 죽음에 대해 끝도 없이 생각하는 주인공 다자키 쓰쿠루는 왜 색채가 없으며 ('이름에 색이 들어가지 않는다'와 같은 일차원적인 이유는 무시하도록 하자) 어쩌다 순례를 떠나게 된 걸까(물론, 소설에서 주야장천 리스트의 「순례의 해」가 언급된다). 전반부의 알 수 없는 죽음의 냄새, 기묘한 만남과 대화, 사라지는 인물 등 하루키 소설의 클리셰에 읽기를 반쯤 포기했지만 그래도 난 하루키를 믿어 보기로 했다. 하지만 회사를 관두고 나서야 비로소, 쓰쿠루 씨와의 대화를 이어갈 수 있었다. 그처럼 나도 낮에는 한없이 고독하기 때문에.

다자키 쓰쿠루는 여전히 여기저기 역을 돌아다니며 구내를 스케치하고 대학 강의를 빠지지 않고 들었다. 아침에는 샤워를 하고 머리를 감고 식사 후에는 반드시 이를 닦았다. 매일 아침 침대를 정돈하고 직접 셔츠를 다렸다. 가능한 한 남는 시간이 생기지 않게 하려고 애썼다. 밤에는 두 시간 정도 책을 읽었다. 대부분 역사서 아니면 전기였다. 그런 습관은 옛날과 변함이 없었다. 습관이 그의 생활을 앞으로 이끌었다.

쓰쿠루 씨는 하루키 소설의 주인공답게 대학에 친구가 없다. 그는 오히려 혼자 다니는 게 편안하다. 수업은 거의 빠지지 않고 외국어 공부도 열심히 한다. 또 수영을 다닌다. 고독하기는 하지만 딱히 외롭지 않은 균형 상태를 유지한다. 백수가 된 나의 생활 패턴과 비슷해, 그에게 동질감을 느꼈다. 매일 아침 침대를 정돈하고, 세수를 하고, 빨래가 돌아가는 소리를 들으며 간단히 아침을 챙겨 먹는 나. 쓰쿠루와 다른 점이라면, 나는 역에 관심이 없다는 것뿐.

그러던 어느 날, 그는 둘도 없이 친했던 고등학교 친구 그룹에서 일방적으로 추방당한다. 그가 유일하게 도쿄로 유학을 갔기 때문일까? 아니면 그의 집안만이 안정적이어서 질투가 난 걸까? 그 후 그는 고향 나고야에는 고개도 돌리지 않고, 애서 그쪽 세계를 외면한 채 도쿄에서 생활인으로 살아간다. "텅 빈 그릇, 색이 없는 배경, 이렇다 할 결점도 없고, 딱히 뛰어난 점도 없는" 그런 존재로 자기 스스로를 정의해 놓고 어떤 관계도 깊게 맺지 않는 인간이 되어 버린 쓰쿠루. 서서히 지루해지려는 찰나에, 프로페셔널한 작가가 친구들의 현재를 찾아가는 스토리를 전개하기 시작한다. 그가 네 명의 친구에게 동시에 버림받게 된 이유가 밝혀지면서 소설은 (조금은 작위적인) 쓰쿠루의 순례기로 채워진다. 미스터 레드, 미스터 블루, 미스 화이

트, 미스 블랙…… 그들은 왜 자신들의 세계에서 그를 잔인하게 잘
라 버렸을까.

"회사 생활을 통해 배운 또 한 가지는 이 세상 대부분의 인간은 남
에게 명령을 받고 그걸 따르는 일에 특별히 저항감을 갖지 않는다
는 거야. 오히려 명령을 받는 데 기쁨마저 느끼지. 물론 불평불만
이야 하지만 그건 진심이 아냐. 그냥 습관적으로 투덜대는 것뿐이
야. 자신의 머리로 뭔가를 생각하라, 책임을 가지고 판단하라고 하
면 그냥 혼란에 빠지는 거야. 그러면 바로 그 부분을 비즈니스 포
인트로 삼으면 되지 않겠느냐고 생각했던 거지."

여러 '색깔 있는' 친구들의 현재를 통해 자신을 돌아보는 '색채가
없는' 쓰쿠루. 그는 자기 계발 멘토가 된 아카에게 "매일 눈에 보이는
걸 만들 뿐이야. 회의를 느낄 시간도 없어"라고 건조하게 말한다. 만
난들 할 이야기가 없어서 서로 만나지 않고 사는 옛 친구들 때문에
그는 감정을 드러내지 않고 사는 냉혈한이 된 것이다. "너는 이제 별
로 나를 좋아하지 않겠지?"라고 묻는 아카의 말 속에 여러 감정이 뒤
섞인다. 십 대 시절과 너무나 달라져 버린 두 사람. 그리고 크게 다르
지 않은 당신과 나. 우리는 모두 어느 역에 서 있는 걸까.

"우리는 삶의 과정에서 진실한 자신의 모습을 조금씩 발견하게 돼. 그리고 발견할수록 자지 자신을 상실해 가는 거야."

실제 작가는 나이를 먹었는데 소설 속 인물들은 여전히 성장통을 앓고 있다. '상실의 시대'에 수없이 하루키를 읽었던 나는 먹고 살기 바빠, 세련되게 성장을 포장하는 그의 신작들과 멀어졌는지도 모른다. 쓰쿠루는 와타나베(『상실의 시대』 남자 주인공) 같았고, 시로는 나오코, 사라는 미도리(『상실의 시대』 여자 주인공들)의 분신처럼 느껴졌기에 이 소설은 내게 신작이 아니었다. 두 번 이상 읽기 힘든 소설이었다. 하지만 하루키표 성장소설은 앞으로도 계속 비싼 가격에 팔리고, 새로운 독자들을 끊임없이 끌어들일 것이다. 고독뿐이던 애달픈 젊은 날은 이전 소설들에 묻어 두고 나는 이제 조금 다른 소설을 읽고 싶다. 중요한 것은 그가 아직도 깔끔한 소설을 쓰고 있고, 내가 그 소설을 읽고 글을 쓰고 있다는 것이다. 이 오래된 습관은 '익숙한 살냄새'만큼이나 내게 깊은 안도감을 준다. 그거면 됐다.

싱글맨*A Single Man*
크리스토퍼 아이셔우드

.

.

행복한 패배자가 되고 싶어요

톰 포드의 영화 「싱글맨」(2009년)으
로 처음 만난 크리스토퍼 아이셔우드의 소설 『싱글맨』에는 한마디
로 정의할 수 없는 주인공 조지가 나온다. 영화에선 무조건 믿고 보
는 콜린 퍼스가 조지 역을 맡아 열연했다. 그의 고집스럽게 차분한
얼굴이 자연스럽게 조지와 겹쳐진다. 먼저 나는 조지의 침실에서 같
이 눈을 뜬다.

잠에서 깰 때, 잠에서 깨자마자 맞는 그 순간, 그때에는 '있다'와 '지
금'이 떠오른다. 그리고 한동안 가만히 누운 채 천장을 쳐다본다.
이제 시선이 점점 내려오고, '내가'가 인식된다. 거기서부터 '내가
있다'가, '내가 지금 있다'가 추론된다. '여기'는 맨 나중에 떠오른

다. 부정적이라도 안심이 되는 말, '여기'. 왜냐하면, '여기'는 오늘 아침, 내가 있어야 할 곳, '집'이기 때문이다.

오늘 아침, 너무나 포근한 '나'의 '집'에서 눈을 뜨고 새벽에 (다시) 읽을 책을 뒤적이며 조지를 떠올렸다. 프리랜서가 된 후, 나에게 아침은 새벽만큼 축복이 가득한 시간이다. 가급적이면 이 시간을 오래 즐기고 싶다. 오믈렛을 만들고, 베이컨과 토스트와 커피, 오렌지주스를 한 접시에 준비한다. 천천히 꼭꼭 씹어 먹고, 화분에 물을 준다. 일주일에 두 번만 물을 주는 화분, 열흘에 한 번 혹은 한 달에 한 번 물을 주어야 하는 화분을 구별해서 뿌리까지 흠뻑 젖게 주고 창문을 열어 집 안을 환기시킨다. 두 잔째 커피를 들고 다시 조지에게로 돌아온다. 다음 문장들 때문에 나는 그와 사랑에 빠졌다.

거실은 어둡다. 천장은 낮고, 창 맞은편 벽은 온통 책이다. 이 책들 때문에 조지가 더 고상해지지도 더 나아지지도 더 진정으로 현명해지지도 않았다. 조지는 책의 목소리를, 자기 기분에 따라 이 목소리, 저 목소리를 듣기 좋아할 뿐이다. 사람들 앞에서는 책을 존중하는 듯 말해야 하지만, 꽤 무자비하게 책을 오용한다. 잠들려고, 시곗바늘에서 주의를 돌리려고, 늘 떠나지 않는 위경련을 잊으려고, 우울에서 벗어날 잡담을 들으려고, 배설을 위한 장운동을 도우려고.

책을 남용하는 것으로는 둘째가라면 서러울 내가, 조지의 독백을 읽고 밑줄을 긋는다. 조지는 교수이자 동성애자다. (책 속 곳곳에 이성애자들의 폭력성이 언급되어 있지만 거부감이 들지는 않는다.) 조지는 문학을 가르치고, 사랑하는 연인 짐을 잃었다. 조지는 미래를 가진 청년들을 사랑하는 동시에 증오한다. 조지는 습관적으로 움직이지만 권태를 경계한다. 조지는 이성친구인 샬럿을 두려워하는 동시에 동정한다. 그것은 책에 대한 태도에서도 마찬가지다. 그는 책을 함부로 대하지만 누구보다 책을 아낀다.

세상과 가까워질까 싶으면 곧 멀어지는 그를 보면서 관능의 상징, 톰 포드(그렇다. 구찌의 크리에이티브 디렉터였던 그 톰 포드다)가 이 작품을 영화로 옮길 때 얼마나 많은 생각을 했을까. 소설 속 인물 묘사는 영화적이다. 주름, 늘어진 살, 하얗게 새는 머리카락, 앙다문 입술, 짐짓 꾸민 활기 등등. 배경 묘사는 눈에 선하게 다 보이는 것같이 사실적이다. 책은 1964년에 출간된 소설인데, 마치 출간된 지 5년도 되지 않은 최신 소설처럼 느껴지는 건 이렇게 생생한 묘사 때문일 것이다.

슈퍼마켓은 아직 열려 있다. 자정까지 영업한다. 슈퍼마켓 안은 몹시 밝다. 외로움과 어둠에서 벗어날 수 있는 안식처 같다. 누구나 이곳에서 많은 시간을 보낼 수 있다. 불안한 마음을 잠시 접고, 먹을 것이 얼마나 많은지에 정신을 집중할 수 있다. (…) 반들반들한 상자에 담긴 수많은 상표가 모두 그맛을 자랑한다. 선반에 있는 물건 하나하나가 소리친다. '저를 데려가세요, 저를 데려가세요.' 물건들이 이렇게 눈길을 끌려고 경쟁하고 있으니, 그것을 본 사람은 자신이 값 있는 사람이라고, 사랑을 받고 있는 사람이라고 착각하게 된다.

가장 성공한 패션 디자이너 중 한 명으로 꼽히는 톰 포드의 데뷔작답게 영화의 소품 하나하나, 의상 한 벌 한 벌, 벽지와 가구 하나까지 흠잡을 것 없이 잘 빠졌다. 혹자들은 움직이는 패션 화보에 불과하다고 평가절하했지만, 그만의 미장센은 조지가 책을 다루는 방식처럼 거침없고 당당해서 작품의 의미를 충분히 설명해 준다고 생각한다. 화면은 잘 찍은 뮤직비디오처럼 화려하지만, 그래서 더욱 쓸쓸하게 보이는 사람과 풍경들이 삶의 마지막 공허함을 대변하는 듯 보인다. 톰 포드는 크리스토퍼 아이셔우드의 작품 중에서 유독 『싱글맨』이 "내 인생에 대단한 영감을 불러일으킨 책"이라고 공공연히 밝혀 왔고, 결국 영화로 만드는 데 성공했다. 그는 무얼 만들어도 섹시한 게 죄라면 죄이다.

풀벌레 소리만 들리는 새벽에, 스탠드 불빛에 의지해 두 번째로 이 소설을 읽으니 이번엔 조지만큼 샬럿(영화에선 빨간 머리가 매력적인 줄리언 무어가 연기했다)에게 애정이 간다. 소설 속에서 샬럿은 마흔다섯 살이다. 겉으로 보기엔 샬럿은 감정 기복도 심하고, 멘탈도 한없이 약해 보인다. 남편과 헤어졌고, 자식도 자신을 떠나려 한다. 그녀는 흐느낀다. 그러나 조지만은 샬럿이 얼마나 강인한 여자인지 인지하고 있다.

'행복'은 여성명사이기 마련이다. 즉, 여자들이 행복을 만든다. 샬럿은 놀랍도록 자주 행복을 만들지만, 샬럿 스스로는 모르고 있음이 분명하다. 샬럿은 비참할 때에도 그 비참함을 통해서 다른 사람을 행복하게 만들기 때문이다. 조지는 은근히 이기적으로 행복을 바라므로, 샬럿이 버디 때문에 우울하거나 프레드 때문에 신경이 곤두서 있을 때에도 남몰래 즐거워할 수 있다. 그러나 샬럿의 우울과 마주치고도 행복을 느낄 수 없는 운 나쁜 상황도 있다. 그러면 무덤처럼 지루하다.

남의 우울과 불행에 기대어 이기적으로 행복을 누리는 조지에 비해 자신의 비참함을 남에게 쏟아 내고 울어 버리는 샬럿이 더 오래 행복할 것이라고 넌지시 말해 주는 작가. 아이셔우드 또한 동성애자였기에 그가 세상의 편견으로부터 얻어 낸 삶의 통찰들이 소설의 무게를 더해 준다. 그리고 그는 영국에서 태어났지만 미국으로 귀화한 이력을 활용해 유럽인이 바라보는 미국, 미국인이 생각하는 유럽을 인물들의 대화 속에 녹여 냈다. 가령, "유럽 사람들이 우리를 미워하는 이유는, 우리가 명상을 하러 동굴 속에 들어간 은둔자처럼 광고 속에 들어가서 살기 때문입니다"와 같은 문장들이 있다.

'영국의 마조히즘'을 위해서 건배하는 영국 출신 조지와 샬럿을 보면서 은희경의 소설 속 한 구절이 떠올랐다. "지금보다 훨씬 나쁘더라도 지금보다는 나은 거야." 좋은 패배자가 되는 법이 궁금할 때마다 나는 아마도 조지가 아닌, 샬럿을 만나기 위해 이 책을 다시 읽을 것 같다. 그녀는 안 될 걸 뻔히 알면서도 절대 유혹을 멈추지 않는다. 이 무모한 유혹은 삶을 지루하게 만들지 않는 좋은 시도이다. 내 나이 마흔에 읽으면 또 다른 조지가 나를 유혹할지도 모를 일이다. 조지는 점점 늙는다. 그 속도에 맞춰 나도 늙을 것이다.

안녕, 조지, 내 사랑⋯⋯.

책을 남용하는 나만의 방법

— 남편에게 기분이 좋지 않음을 알리는 신호로 책을 읽는 행위를
한다.

— 듣기 싫은 강연은 책 한 권으로 물리칠 수 있다.

— 연애의 비루함이나 결혼 생활의 무료함을 달래기 위해 불륜소설
을 애독한다.

— 일에 대한 열정이 식었거나, 출근하기 싫은 날 스티브 잡스나 아
마존 CEO 제프 베조스의 책을 읽어 정신 단련을 한다.

— 다정다감한 섹스가 그립다면, 『채털리 부인의 연인』과 『그레이의
50가지 그림자』를 비교분석하며 읽고 감상문을 쓴다.

— 쓸데 없이 물건이나 옷을 샀다는 죄책감이 들면, 신간 5권을 사
서 책장에 놓고 위로받는다. (혹은 값비싼 물건을 사고 싶을 땐 값이
상대적으로 싼 책을 몇 권 질러 과소비를 막는다.)

싱글맨 조자를 위한 OST

Time 한스 짐머

두근두근 내 인생
김애란

사람은 왜 아이를 낳을까요?

아이들은 무럭무럭 자란다. / 그리고 나는 무럭무럭 늙는다. / 누군
가의 한 시간이 내겐 하루와 같고 / 다른 이의 한 달이 일 년쯤 된
다. / 이제 나는 아버지보다 늙어버렸다.

김애란의 소설 『두근두근 내 인생』은 "가장 어린 부모와 가장 늙
은 자식의 이야기다". 고등학생 신분으로 아이를 낳아 (온갖 구박을
받으며) 기르던 대수와 미라. 그들의 금쪽같은 아들은 하루하루 빠르
게 늙어 가는 병, 즉 조로증을 앓게 된다. 전 세계를 통틀어 100명도
안 된다는 이 희귀한 병을 다루는 김애란의 솜씨는 여전하지만 이상
하게 미스터리한 소녀, 이서하가 등장하면서 나는 그만 지루해졌다.
다행히 그 소녀의 정체가 드러나면서 다시금 술술 책장이 잘도 넘어

가 반나절 만에 소설의 끝을 보았다. 김애란은 역시 김애란이었다.

데뷔작 『달려라, 아비』 때부터 지금까지 내가 유일하게 응원하는 80년대생 여성 작가. 그녀의 첫 장편 소설 『두근두근 내 인생』은 강동원, 송혜교 주연 영화의 원작으로도 화제가 되었는데 그래서인지 네이버 책 소개에 링크된 리뷰 수만 2,000개가 넘는다. 그녀의 더 큰 성장이 기쁘고, 가파른 성공이 무섭다. 영화보다 소설을 먼저 만나서 다행이다. 영화를 먼저 봤다면, 소설 읽는 재미가 크게 반감되었을 테니. 그만큼 소설은 대산대학문학상에서 시작해 이상문학상 대상까지 상이란 상은 모두 휩쓴 문단의 기린아의 소설답게 완성도가 높다.

소설은 태어난 이래 한 번도 젊은 적이 없었던 아름이의 시점에서 이야기가 진행된다. 아름이는 엄마 미라의 학교 생활과 단짝 친구, 아빠 대수의 학교 생활을 차례차례 보여 준다. 그럼, 마음도 몸만큼 빨리 성숙해져 버린 아름이를 만나러 가 볼까. 두근두근 쿵 짝…… 쿵쿵 짝…… 쿵 짝……. 쿵은 미라의 것, 짝은 아름이의 것이다. 두 개의 심장이 함께 뛴다.

소설에서 미라는 틈이 날 때마다 온갖 연예인 사진을 보며 호들갑을 떤다. "몸에 좋다는 건 다 구해다 먹었고, 아름다운 풍경만 보고, 건전한 생각만 하려 애썼다." 미혼모라는 수식어가 무색할 정도로 씩씩한 엄마이다. 지나치게 착한 것이 단점인 대수는 부들부들 떨리는 손으로 갓 낳은 아름이를 안아 본 후 대성통곡한다. 남몰래 '아버지가 되지 않게 해 주세요'라고 기도한 게 미안해, 남들보다 두세 배 더 오래 운다. 그렇게 둘은 부모가 되었다.

'사람은 왜 아이를 낳을까?' 나는 그 찰나의 햇살이 내게서 급히 떠나가지 않도록 다급하게 자판을 두드렸다. '자기가 기억하지 못하는 생을 다시 살고 싶어서.'

아픈 아름이는 글을 쓰는 걸 좋아하는 아이다. 단어를 모으고, 동네 장씨 할아버지와 수다를 떨고, 아버지와 어머니에게 질문을 하고……. 대게 열세 살을 넘기지 못한다는 조로증을 앓으며 열일곱 살까지 버틴 아름이를 통해 나는 무엇을 보았을까. 온전한 아이를 낳아 건강하게 기른다는 것만큼 큰 축복도 없구나. 아줌마들이 뻔뻔한 건 세상에 아이를 만들어 내놓았다는 자부심에서 오는 거구나. 손가락, 발가락 모두 열 개씩 정상으로 태어났어도 언제 어떻게 아이가 아파

온전한 아이를 낳아 건강하게 기른다는 것만큼

큰 축복도 없구나. 아줌마들이 뻔뻔한 건

세상에 아이를 만들어 내놓았다는 자부심에서 오는 거구나.

서 병원 신세를 지어야 할지 알 수 없는 거구나. 자식의 얼굴에서 여든 살의 자신의 모습을 미리 볼 때 그 기분이 어떨까. 가지고 있던 젊음을 잃어버리는 슬픔이 한 번도 젊음을 가져 보지 못한 이의 슬픔보다 클까. 호기심 많은 아름이처럼 질문들이 뭉게뭉게 피어올랐다.

　"아름아." "네?" "너 언제부터 아팠지?" "세 살요…… 엄마가 그렇다고 했잖아요." "그럼 얼마 동안 아팠던 거지?" "음, 십사 년요." "그래, 십사 년." "……" "근데 그동안 씩씩하게 정말 잘 견뎌왔지? 지금도 포기 않고 이렇게 검사받고 있지? 다른 사람들은 편도선 하나만 부어도 얼마나 지랄발광을 하는데. 매일매일, 십사 년. 우린 대단한 일을 한 거야. 그러니까……" "네." 어머니가 목소리를 낮추며 부드럽게 말했다. "천천히 걸어도 돼."

　엄마와 아빠의 대화. 엄마와 아들의 대화. 아빠와 아들의 대화. 방송국 PD와 작가의 대화. 소설은 대화와 편지, 그리고 아름이의 독백과 병중일기가 모여 완성된다. 꿈이 없어서가 아니라, 꿈이 없는 척하는 대수의 모습에 반했다는 엄마 미라의 말이 소설을 다 읽고 나서야 이해가 된다. 대수는 이름처럼, 아들의 조로증도 '대수롭지' 않게 넘길 줄 아는 유머를 가지고 있는 남자다. (김애란 소설 속 주인공들은 모두 어떤 상황에서도 유머 감각을 잃지 않는다.)

　　결혼 후 깨달은 한 가지는…… 결혼 상대자로 못생긴 남자보다 치
명적인 것이 바로 '유머 없는 남자'라는 점이다. 나는 정말, 우리 남편
이 함께 있을 때 재미있어서 결혼했다. 그에게 유머는 최고의 무기
다. 외모는 그다음 문제다. (물론, 그의 눈썹과 잘생긴 코를 썰렁한 유머
만큼 좋아하지만…….) 대수와 미라의 유머 감각을 물려받은 아름이
는 아팠지만 아프지 않은 척할 수 있었다. 모두 유머의 힘이다. 하늘
나라에서 아름이는 진짜 자기 나이를 찾았을 것 같다. 심장이 터질
때까지 달리고 있을 것이다.

　　『두근두근 내 인생』을 두 번 읽고 어제는 이유도 없이 아팠다. 입
맛도 없고, 몸은 무겁고, 정신적으로 무언가 빼앗긴 기분이 들었다.
김애란만큼만 글을 쓸 수 있다면, 이까짓 회사 때려치울 텐데……
라는 생각을 해서 그런가. 감동만큼 좌절감을 선사한 이 책을 고이
접어 우리 남편에게 건네고 싶다. 벌써부터, 우리 아기가 보고 싶다.
두근두근, 두근두근…….

　　내 심장 소리에 박자를 맞추는 아기의 심장 소리를 듣고 싶다.

새벽 세시 바람이 부나요?*Gut Gegen Nordwind*
다니엘 글라타우어

지금 당신 생각을 하고 있어요.
답장 주실 거죠?

　　　　　　　　　　편지와 엽서로만 사랑을 고백했던 시
절이 있었다. 휴대 전화를 가진 것도 고등학교 2학년 때가 처음이었
으니, 그전까지 수없이 많은 편지를 쓰고 주거나 버렸다. 아무개야,
로 시작해서, 언제나 너를 생각해, 로 끝나던 편지들. 이 편지들은 고
스란히 서랍 한 칸에 모아 두었고 4, 5년에 한 번 꼴로 꺼내 읽는다.
고등학교 3학년 때야 비로소 친구들과 이메일을 주고받았다. 뉴질
랜드로 유학 간 친구와, 헤어져서 더 이상 편지조차 건넬 수 없는 남
자 친구에게 마지막 안부 메일을 전송했다. 그 메일 주소는 이미 휴
정 계정이 된 지 오래라 복구도 힘들어 보인다. 모든 이메일을 돌려
받을 수 있다면, 기억이 롤러코스터를 타고 돌아올 것 같은데…….

아쉬움을 달랠 겸, 새벽 3시 『새벽 세시 바람이 부나요?』를 찾아
보았다. 오직 이메일로만 이루어진 소설이다. 에미 로트너와 레오
라이케가 실수로 주고받게 된 이메일은 한 달 뒤, 아홉 달 뒤 등 큰
시간차를 두고 전송되다가 10분 뒤, 8분 뒤, 45분 뒤, 1분 뒤, 30초
뒤…… 전송 간격은 점점 좁아진다. 재미로 시작했다가 사뭇 진지해
지는 두 사람의 관계 변화가 흥미롭다. 글만으로 연결되는 지점에서
는 알 수 없는 불안감마저 든다.

우린 공허한 공간에서 대화를 나누고 있어요. 자기가 어떤 일을 업
으로 삼고 있는지는 점잖게 고백했지요. 당신은 저에게 이론적으
로 멋진 홈페이지를 만들어주고, 저는 그 대가로 당신에게 현실적
으로 (형편없는) 언어심리 평가서를 작성해줄 수는 있겠지요. 이게
다예요. 우린 이 도시에서 발행되는 별 볼일 없는 잡지 덕에 우리
가 같은 공간에 살고 있다는 것은 알지요. 그것 말고 또 뭐가 있죠?
아무것도 없어요.

어디에도 살고 있지 않고, 밤낮의 구별도 없고, 나이도 없고, 얼굴
도 없으며 오직 있는 것이라고는 두 개의 모니터뿐인 관계가 언제까
지 지속될까? 서로를 향한 '미친 듯한 관심'을 메일함에만 담아 두고

직접적인 만남을 피하는 남자 레오. 그는 언어심리학자이다. 보다 적극적으로 자신의 감정을 표현하는 여자 에미. 에미는 뛰어난 언어감각과 표현력, 번호를 매기는 글쓰기 방식으로 레오의 '꽁했던 마음'도 풀어 주는 여자인데, 사실 그녀는 유부녀이다. (이 소설을 읽으며 코를 골고 잠든 남편의 얼굴을 한번 힐끔 쳐다보았다. 부인이 어떤 이야기에 빠져 있는지도 모르고 세상모르고 자고 있군.) 그녀는 유머 감각이 뛰어난 반면에 질투심도 많고 의심도 많고 노이로제도 있고, 사람에 대해 원칙적으로 좋은 감정을 가지고 있지 않아 조금은 피곤한 스타일이다.

둘은 '식별 놀이'를 위해 일요일 오후 3시와 5시 사이에 후버 카페에서 만나기로 한다. 물론, 서로에게 다가가지는 않고 말 그대로 '식별'만 하고 돌아오는 게임. 이 미스터리한 만남 이후 둘의 대화는 조금 따분하다. "어째서 지금까지 해 온 것처럼 글로만 대화를 나눌 수는 없는 건가요?" 어머니의 장례식 때 찾아온, 전 여자 친구와의 약속 때문에 에미와의 '진짜' 만남을 취소할 수밖에 없었던 레오는 과연 용서받을 수 있을까? 독자들은 아마도 둘의 '진짜' 만남을 바라지 않을 것이다. 밝은 해가 떠오르기 전에 이 둘의 '가상 만남'의 끝을 보고 싶다.

우리 대화에서 아들 얘기는 빼고 싶어요. (…) 당신에게 메일을 쓰

고 당신의 메일을 읽는 시간이 저에게는 일종의 '가족 타임아웃'이
에요. 이 시간이 일상 밖에 있는 작은 섬이라고나 할까요? 저는 그
섬에 당신과 단 둘이서만 머물고 싶어요. 당신만 괜찮다면요.

각자의 공간이 존재하는 결혼 생활(침대도 따로, 서재도 따로, 잠드
는 시각도 제각각)을 하고 있다고 주장하는 에미의 남편이 등장하기
만 하면 될 것 같은데, 작가는 계속 뜸을 들인다. 레오는 정말 "이메
일이 언어 생활에 미치는 영향과 감정 전달 수단으로서의 이메일에
관한 연구"를 위해 에미를 이용하고 있는 것일까? 계속 의문부호가
튀어나올 정도로 소설은 여러 궁금증을 유발하고 독자를 아주 수다
스럽게 만든다. 아마도 이메일로만 이어지는 관계이기 때문일 것이
다. 언어는 불완전하다. 하지만 작가는 행간의 의미를 함께 호흡할
수 있도록 원문과 답장을 효과적으로 배치했다.

가깝다는 것은 거리를 줄이는 게 아니라 거리를 극복하는 거예요.
긴장이라는 것은 완전함에 하자가 있어서 생기는 게 아니라 완전
함을 향해 꾸준히 나아가고 완전함을 유지하려고 끊임없이 노력
하는 데서 생기는 거예요. 레오, 다른 건 다 소용없어요. 당신에게
여자가 있어야 해요.

두 손을 마주 잡고, 같은 공기를 들이마시며,
같이 바람을 맞고, 나눠 마시는 한 잔의 물.
모든 것이 선명하게 보여서 다행이다.

에미는 자신이 만날 수 없는 레오에게 가장 친한 친구 '미아'를 소개시켜 주는 만행(?)을 저지른다. 그래 놓고 "미아랑 자지 않았다고만 말해 주세요"라고 애원한다. 자신의 '행복한 가정 생활'은 깨기 싫어하면서, 레오가 있는 '바깥세상'도 지키고 싶어 하는 그녀의 욕심은 끝이 없어 보인다. 여주인공에게 이토록 공감이 가지 않는 경우가 드물었던지라, 오히려 신선하게 다가왔다. 욕하면서 보는 막장 드라마를 보는 심정이랄까.

이틀 뒤
제목 없음
안녕, 에미. 어때요. 우리 이제 더는 메일 안 쓰는 거예요?

7시간 뒤
Re:
그럴걸요.

다음 날
제목 없음
이메일을 안 받는 것도 괜찮군요.

2시간 30분 뒤

Aw:

네, 메일 안 받는 거에 익숙해지겠죠.

4시간 뒤

Re:

익숙해지기에 앞서 우선 그게 얼마나 힘든 일인지를 알게 되는군요.

이른바 '밀당'도 식상해진 두 사람에게는 세 가지 길이 있다. 지금처럼 계속 이메일을 주고받는 것, 그만두는 것, 그리고 만나는 것. 책이 300페이지가 넘어가면서 나는 될 대로 되라는 심정으로 둘을 바라보았다. 드디어, 에미의 남편 베른하르트 로트너가 등장한다! 그는 정중히 자신의 아내와 한 번만 만나서 '글로 만들어 낸 환상'을 깨달라고 부탁한다. 비밀은 비밀일 때 빛나는 법이란 걸 너무나 잘 아는 남자인 것이다.

한때 SNS에 자신의 일거수일투족을 올리고, 물어보던 유명인이 있었는데 한 선배가 그걸 보고 이렇게 말한 적이 있다. "저 여자 가정사에 문제가 있는 것 같다. 안 그럼 저럴 수가 없어. 현실에서 도피하고 싶은 게 너무 티 나잖아……." 에미는 실제 결혼 생활이 행복하지도, 완벽하지도 않아서 자꾸 레오와의 이메일에 집착하는지도 모르겠다. 둘은 만날 수 없으니 당연히 만질 수도 없고, 술잔도 부딪칠 수 없고, 에미가 그렇게 즐겨 '말하는' 섹스도 할 수 없다. 만나면 해결될 문제가 앙금처럼 남아 있다. 사랑이 이토록 피곤한 것이었다는 사실을 나는 소설로 다시 배웠다.

연애 9년, 결혼 후 1년. 우리 부부는 많은 부분을 양보했고, 타협했고, 조정했다. '바깥세상'에 기대어 현실을 외면하지 않아도 된다. 결혼을 정말 잘했구나, 싶은 순간이 있는데 그건 저녁을 먹고 가볍게 동네를 한 바퀴 돌 때이다. 두 손을 마주 잡고, 같은 공기를 들이마시며, 같이 바람을 맞고, 나눠 마시는 한 잔의 물. 모든 것이 선명하게 보여서 다행이다. 새벽 3시에 나는 다른 이유로 깨어 있다. 피가 도는 사람이 옆에서 잠들고, 나는 책을 읽다 잠든다. 가여운 '에미'……. 북풍이 가라앉고 '에마(소설을 끝까지 읽게 되면 왜 '에미'가 '에마'인지 알 수 있다)'로서의 삶을 뜨겁게 끌어안을지 후속편 『일곱 번째 파도』를 읽어 보면 알 수 있을까. 살며시 구매 버튼을 클릭한다. 이 둘의 만남이 지속되기를 바라는 마음을 담아.

어느 작가의 오후 *Nachmittag eines Schriftstellers*
페터 한트케

□
■

누군가와 말도 섞기 싫은 날,
당신을 만나러 가지요

오늘 오후는 무얼 하며 보냈지. 늦은
아침을 먹고, 새로 도착한 베개 커버를 울 코스로 세탁하고, 책상에
앉아 어제 쓴 원고를 다시 읽고(맨날 쓰던 그 문장 쓰고 잠이 오디?), 썼
던 문장들을 다듬고(밤의 문장들은 태양 빛에 바짝 말려 다시 읽어 봐야
한다), 한 페이지를 더 썼다(모조리 다시 쓰고 싶다). 사은품 때문에 어
제 주문해 둔 5만 원어치의 책이 배송되기를 기다렸다. 집 근처 대학
캠퍼스로 산책을 갔다 오는 길에 내일 아침에 먹을 빵을 샀다. 저녁
식사를 끝내고, 커피를 마시며 오늘 새벽에 리뷰할 책을 고르는 의
식을 치른다.

그동안 참 많은 책을 읽고, 책이 되기 전의 초고를 편집해 또 다른 책을 세상에 내놓았다. 그 책들에 기대어 내 글을 블로그에 쓰는 작업을 십 년째 하고 있다. 언젠가부터 단순히 글을 쓰기 위해 책을 '의무적으로' 읽고 있다는 생각이 들어 기분이 축 가라앉는 순간이 자주 찾아온다. '작가'라는 단어보다 '편집자'라는 단어가 더 익숙한 블로거인 나는 오로지 글쓰기만을 생각한 지난 십 년이 하루처럼 짧게 느껴진다. 제대로 해 놓은 일이 없는 것 같다. 이제는 '작가'로만 밥을 벌어먹고 살 수 있을까, 란 고민에 좌절하는 시기를 살고 있다. 당장 돈이 되지 않는 글들로만 하루를 채우고, 배가 고파 냉장고를 뒤질까 하다가 서둘러 책장 앞에 섰다. 그래, 오늘의 야식은 이걸로 정했다. 『어느 작가의 오후』. 어설프게 작가로 사느라 바쁜 나에게 교과서와 같은 책이다.

　　자신의 실상을 밝혀 주고 생동감 있게 해 준 몇 줄의 도움으로 그 날 하루도 잘 지나간 것 같았다. 작가는 저녁나절을 순조롭게 보낼 수 있으리라는 기분으로 자신의 책상에서 일어섰다. 그는 몇 시나 되었는지 알지 못했다.

이 작품의 화자는 '작가'다. 작은 판형에 122페이지밖에 되지

않는 형식 파괴 소설. 책은 매일 자신(작가)의 외면과 내면을 적어
내려가는 일기를 담고 있다. 하루의 힘든 글쓰기를 마친 다음, 시
내로 산책을 나갔다가 돌아오는 과정을 그리고 있는데 1인칭이
아니라 3인칭으로 "피곤해서가 아니라 계속 생각하는 것을 막으
려고 그는 힘겹게 침실로 가기로 결정했다"와 같은 문장들이 시간
의 흐름에 따라 '서술'된다. 페터 한트케의 권위에 기대어 의미심
장하게 읽어 내려갔다. 군더더기 없는 묘사와 정신착란적 서술이
돋보인다.

　시끄럽게 차 소리가 나는 거리를 돌아다니는 일은 그에게 도움이
되었다. 수십 년을 살았음에도 쉽사리 마음의 평정을 잃는다는 것
은 이상한 일이었다. 그토록 오랫동안 작품에 고무되어 열정적으
로 일했음에도 여전히 확신 없이 살고 있다는 것도 이해하기 어려
웠다. 하지만 그가 맹세한 것이 하나 있었다. 나의 오후는 작업이
끝나는 순간 시작된다! 그는 그때까지 더 이상 신문을 펼치지 않으
려 했고, 골목을, 그러니까 도심을 피하려고 했다. 내 집이 있는 곳,
변두리로 곧장 나가자! 음식물을 취하고 음료수를 마시며, 몰입해
서 바라보고 기록하면서 행인들의 대열에 끼어들기도 하는 그가
무엇 때문에 자기 집, 허기도 갈증도 사람들과의 교제에 대한 욕구

도 느끼지 못하는 방에 머물지 못한다는 말인가?

　나의 오후도 퇴근 후 시작되었다. 장을 본다. 식료품을 냉장고에 넣는다. 요리 레시피를 검색한다. 요리를 한다. 밥을 먹는다. 설거지를 한다. 음식물 쓰레기를 처리한다. 커피를 내린다. 한 번 더 내린다. 컵을 씻는다. 컵을 넣는다…… 이런 단순한 일상이 작가의 뛰어난 표현력과 결합하면 이와 같은 멋진 소설이 탄생한다. 월화수목금 직장을 다니며 페터 한트케의 이 짧은 소설을 정확히 두 번 읽고 한 번 타이핑했다. 기교가 지나치게 섞인 원고와 하루 종일 싸우다 언어와 멀어지고 싶은 날엔, 아무 생각 없이 마음에 드는 문장들을 필사했다. (언어와 멀어지고 싶다고 해 놓고 또 언어를 찾다니. 나도 참 지독하다.)

　나는 소설의 형식으로 시작했다! 계속한다. 그대로 놓아둔다. 반대하지 않는다. 서술한다. 전해 준다. 소재들의 가장 피상적인 부분을 계속 가공하고, 그 숨결을 느끼며, 그것을 다듬는 자가 되고자 한다. 마침내 그냥 누워 있기만 한다. 조용히 쉬고 있다. 작가는 다음날을 생각하고, 마치 대상 일행이 지나간 것처럼 눈 속에 많은 흔적이 남을 때까지, 그가 새의 비상을 함께 체험할 때까지

일하기 전의 아침 시간에 오랫동안 정원을 이리저리 거닐기로 마
음먹었다.

"구경하는 것 역시 행위"라고 말한 페터 한트케와 함께 나를 스쳐
간 삶의 배경들을 구경해 보기로 했다. 월요일, 을지로입구역의 핑
크 플로이드 뮤직비디오 등장인물 같은 직장인들. 그들을 따라 바쁘
게 걷는 내 발걸음. 올라간 치마를 내리고, 새 구두에 살이 까진 발에
대일밴드를 붙이고 엘리베이터를 기다린다. 회사 사람이다. 인사하
고, 어색한 듯 스마트폰을 들여다본다. 머리를 숙이고 원고를 검토
하거나 책을 편집하거나 메일을 쓰는 선배, 후배, 동료들이 하나 둘
사무실을 채운다. 독서실 분위기가 감도는 조용한 그곳에서 전화벨
이 울린다. 가장 친절한 목소리로 응대를 하고 개인적인 용무는 휴
대 전화로 걸라고 말한다. 12시엔 주변 직장인들이 한꺼번에 쏟아
져 나오니, 11시 반쯤 사무실을 빠져나와 식당으로 간다. 간만 맞으
면 맛집이 되는 무교동의 식당들. 지난밤 텔레비전 프로그램이나 연
예인 가십, 스포츠 경기 결과 등의 이야기꽃을 피우며 먹어 치우는
김치찌개, 부대찌개, 된장찌개, 각종 시뻘건 찌개들과 하얀 밥. 오후
4시만 되면 미친 듯이 배에서 소리가 난다. 사무실 앞, 단골 분식집
에서 떡볶이와 김밥, 어묵으로 빈속을 달래 준다. 저녁 6시부터 8시

까지 경험하게 되는 퇴근 버스의 처절함. 공포의 백팩(을 멘) 남자가 등장했다. 나의 등을 사정없이 누른다. 발밑에서 누가 내 팔과 다리를 끌어당기는 것처럼 몸이 무겁다. 당장 뛰어 내리고 싶다. 밤이 되면 몰려나와 먹고 마시고 떠드는 K대 앞 대학생들을 지나 겨우, 집에 도착한다.

　그는 또한 이런 맹세를 하기도 했다. 일에 실패하지 말자고. 다시는 언어를 잃어버리지 말자고. 그러면 언덕 아래 양로원의 조그마한 관현악단은 찌릉거리는 점심 연주 대신에 그럴듯한 종소리를 울릴지도 모른다.

　작가를 따라서 평범해서 그냥 지나쳤던 장면들을 언어로 저장해 둔다. 서점에서 이어폰을 꽂고 신간 매대에서 책의 표지를 만지는 독자들. 시리얼과 음료수, 맥주, 과자를 경쟁적으로 담는 마트의 신혼부부들. 철마다 세일하는 L백화점의 빠른 계절 변화. 퇴근길에 꽉 막힌 강남의 일직선 도로. 맛집 앞에 양산을 쓰고 길게 줄을 선 여자들. 단체 관광 온 중국 여자들의 어긋난 패션. 건물의 옆구리나 뒤편에서 담배 연기를 뿜어 대는 양복쟁이들……. 나의 바깥은 이게 다였다. 주중에는 항상 "쉬고 싶다, 피곤하다"란 말을 달고 살았고 금요일 저녁이 가장 달았고, 주말엔 다음 주에 만들 책에 관련된 자료를 모으고, 가족들과 길게 저녁을 먹었다.

1987년 12월의 어느 날, 작가의 오후 시간이 고스란히 담겨 있는 이 책은 보잘것없는 일상을 관찰하고, 언어로 저장하는 작가의 기술이 총 동원된 책이다. 이렇다 할 사건이 없는 이야기이지만, 이 책을 읽으면 누구나 '자신만의 글'이 쓰고 싶어질 것이다. 그 누구하고도 말을 섞고 싶지 않았던 어느 오후, 다음의 문장들이 나를 위로했다.

걸을수록 일에서 멀어지는 것이 아니라 일이 자신을 따라다니는 것 같다고 생각하면서, 그는 서재에서 멀리 떨어져 있었지만 여전히 작품 활동을 하는 듯한 기분에 사로잡혔다. 그런데 〈작품〉이란 무엇을 뜻하는가? 그는 재료란 거의 중요하지 않고 구조가 무척 중요한 것, 즉 특별한 속도 조절용 바퀴 없이 정지 상태에서 움직이는 어떤 것이 작품이라고 생각했다.

새로운 소재 생각일랑 접어 두고 "정지 상태에서 움직이는 어떤 것"을 찾아 헤매러 내일도 집 밖을 서성거려야겠다. 누군가와 함께 먹는 점심도 좋지만, 나와 상관없이 움직이는 어떤 것을 바라보며 혼자 먹는 점심도 나쁘지 않다. 혼자 먹다 보면, 어제 지나친 어떤 장면이 떠오를 수도 있고 잊고 지낸 친구에게 연락할 마음이 생길지도 모른다. 우선, 기록부터 해 두자.

글쓰기에 도움이 되는 문장들

작가가 되는 열쇠는 바로 역설이다. 자신이 글을 쓰는 것, 자신의 이야기가 중요하다고, 극히 중대하며 신성한 일이라고 믿어야 하는 동시에, 전혀 그렇지 않다는 확신이 들 때에도 그리고 자신이 글쓰기에 크게 소질이 없다고 느낄 때에도 글을 쓸 수 있어야 한다. 결혼 생활이나 자녀 양육과 크게 다르지 않다.

_바바라 애버크롬비Barbara Abecrombie

작가에게 필요한 것은 세 가지다. 경험, 관찰력, 상상력. 이중 두 가지만 있으면, 때로는 하나만 있어도, 나머지를 메울 수 있다.

_윌리엄 포크너William Faulkner

부르주아처럼 규칙적이고 정돈된 삶을 살아라. 그래야 격정적이고

독창적인 글을 쓸 수 있다.   _귀스타브 플로베르Gustave Flaubert

글을 쓸 때는 매일매일 씁니다. 그런 일이 일어나면 기분이 좋지요.
하루가 다음 날과 바로 연결됩니다. 때로는 그날이 무슨 요일인지도
모르지요.   _레이먼드 카버Raymond Carver

나를
달뜨게 하는
당신

템테이션_Temptation_
더글라스 케네디

·
·

위기는 누구에게나 필요하다

나는 슬픔을, 그 모든 슬픔의

웅덩이를 건널 수 있네

나는 익숙하네

그러나 아주 적은 기쁨이

내 발을 흔드네

나는 비틀거리네, 취해서

자갈 하나에도 웃음을 허하지 마라

그것은 새로운 술 그것일 뿐!

가끔씩 현실을 잊고 싶을 때마다 보는 영화들이 있다. 이를테면,
마블 코믹스를 원작으로 한 「엑스맨」, 「아이언맨」, 「스파이더맨」, 「어

벤져스」와 같은 영화들을 정신없이 보고 있다 보면 잠시나마 현실을 도피할 수 있다. 다음 달 카드 값도, 다음에 만들 책의 제목도, 다음에 써야 할 원고 따위는 남의 나라 이야기가 되어 버린다. 이와 반대로 소설을 읽는 것은, 내게는 꽤나 에너지가 들어가는 일이라(책을 읽다 보면, 자꾸 글을 쓰고 싶고, 글을 쓰다 보면 심각해진다) 현실 도피 수단으로 적합하지 않다.

세상일에는 언제나 예외가 있어서, 소설 중에서도 현실 도피를 돕는 기가 막힌 오락성을 보장해 주는 특정 작가의 작품들이 있다. 『빅 픽처』의 큰 성공으로 우리나라에서도 많은 팬을 거느리고 있는 더글라스 케네디가 대표적인 예라고 할 수 있다. 그의 대부분의 작품을 전자책으로 읽어서 그런지 몰라도, 그는 내게 가장 빠르고 가장 접근하기 쉬운 외국 작가로 느껴진다. 작가가 소설 곳곳에 복선을 깔아 두는 솜씨가 너무나 정교해서 때론 지나치게 계산적이라는 생각도 들지만, 한번 책을 펴면 꼭 끝을 보게 되는 빠른 스토리 전개로 늘 다음 작품을 기다리게 만든다.

더글라스 케네디는 뉴욕 맨해튼에서 태어났지만, 위선적인 미국이 싫어서 부인과 함께 영국에 거주하는 '프랑스가 가장 사랑하는

미국 작가'라는 독특한 이력을 가졌다. 『위험한 관계』라는 소설에서
는 자신의 이런 이력을 십분 활용해, 사사건건 서로의 국민성을 꼬
집으며 대립하게 되는 영국 기자와 미국 특파원 부부의 갈등을 현
실적으로 보여 준다. ("미국인들은 인생을 심각하지만 가망 없진 않다
고 믿는다. 그 반면 영국인들은 인생을 가망 없지만 심각하진 않다고 믿는
다"와 같은 빛나는 문장들이 많다.)

　　오늘은 그의 작품 중에서도 성공 이후의 실패, 그리고 재기를 드
라마틱하게 다룬 『템테이션』의 주인공 데이비드 아미티지를 만나러
가고 싶다. 할리우드의 헛똑똑이 시나리오 작가 데이비드, 그는 어
쩌다 성공의 늪에 빠져 철저히 망가지게 된 걸까.

　　작가로서 성공을 거둔 이후 내가 얼마나 긴장감 속에서 피곤하게
살았는지 비로소 깨달았다. 사람들은 흔히 성공하면 삶이 편해질
것이라 여긴다. 하지만 성공하면 삶은 어쩔 수 없이 더 복잡해진
다. 아니, 더욱 복잡해지기를 바라는지도 모른다. 더 큰 성공을 거
두기 위한 갈증에 자극을 받으며 더욱 매달려야 하기 때문이다. 바
라던 걸 성취하면 또 다른 바람이 홀연히 나타난다. 그 바람을 충
족시키지 못하면 우린 또 다시 결핍감을 느낄 수밖에 없다. 그러면

다시 완벽한 만족감을 얻기 위해 모든 걸 걸고 달려든다.

갑작스런 성공과 허영심 때문에 그의 가정은 한순간에 무너졌다. 더 힘 있고, 더 젊고, 더 말이 잘 통한다고 생각한 샐리 버밍엄과 새로운 인생을 시작하지만 그의 성공이 화려해지면 화려해질수록 보는 사람은 불안해진다. 샐리는 야망으로 똘똘 뭉친 여자라 건들면 폭발할 것 같은 캐릭터이다. 또 다른 중심인물, 투자 전문가 바비 바라가 등장하면서 데이비드는 작가로서 꿈도 못 꿨던 많은 돈과 상류 생활에 점점 익숙해지는 자신을 발견하게 된다. 소설의 기본 구조는 더글라스 케네디의 다른 소설과 크게 차이가 없다. 화려한 성공 뒤에 큰 위기에 빠진 남자(자신의 무의식적인 습관으로 표절 작가로 낙인 찍히게 된다), 그리고 매몰차게 돌아서는 애인, 너무나 냉정한 아내, 너무나 보고 싶은 아이, 차근차근 위기를 벗어나는 과정, 돈을 쪼개서 쓰는 도피 생활, 다시 돌아온 일상……. 『빅 픽처』의 흡입력이 『모멘트』에서 많이 약해졌다고 생각했는데, 『템테이션』이야 말로 그의 역작이 아닐까 싶을 정도로 잘 썼다. 이 소설을 읽고 난 후 나는 그동안 내가 '바쁨'을 연기하느라 얼마나 많은 에너지를 썼는지 깨달았다. 한 편의 영화를 진하게 봤을 때 느꼈던 희열감도 덤으로 얻었다.

    생활에 치이고, 텔레비전과 스마트폰에 시간을 뺏기고, 여러 가지 유혹들로 독서에서 멀어진 사람들을 다시 책으로 끌어들일 수 있는 매력적인 책임이 분명하다. 무명작가에서 일약 할리우드에서 가장 몸값 비싼 사나이가 된 데이비드 아미티지. 통속적인 불륜과 치명적인 성공 뒤에 숨은 권력들이 아우성친다. 여전히 문학적 취향과 음악적 고상함을 유지한 채 그는 서서히 독자들을 이리저리 요리할 준비를 한다. 그럼 우리는 적당히 속아 넘어가는 척하면서 그의 위기 극복 능력을 지켜보면 된다.

    할리우드에서 영광은 오래 지속되지 않는다. 재능은 고갈된다. 최고의 자리에 오른 사람도 이 법칙으로부터 자유롭지 못하다. 누구나 똑같은 게임을 하고 있으며, 그 게임의 기본 규칙은 하나다. '할리우드에서의 성공은 한철이다.'

    소설 곳곳에서 더글라스 케네디의 목소리를 만날 수 있다. 가령 다음과 같은 통찰들이 밑줄을 긋게 하고, 멈춰 서서 인생에 대해 생각할 시간을 주는 것이 그의 소설의 백미다.

    왜 그럴까? 어떤 이야기라도 이야기에는 위기가 있어야 하기 때문이다. 내 인생 이야기도, 지금 이 책을 읽고 있는 당신의 인생 이야기도, 지금 지하철에서 이 책을 읽고 있는 당신의 맞은편에 앉아 있는 사람의 인생 이야기도, 모든 인생 이야기에는 위기가 있다. 세상 모든 일은 결국 이야기다. 그리고 그 모든 이야기에는 필수적으로 위기가 포함된다. 분노, 갈망, 기대, 실패에 대한 두려움, 지금 자신이 살고 있는 삶에 대한 실망, 자신이 원하는 삶이라고 상상하는 삶에 가까이 다가가지 못하는 절망. 이런 위기는 누구에게나 필요하다.

그렇다. 우리는 위기를 통해 우리의 삶을, 우리 주변의 사람들, 그리고 자아의 중요성을 가장 또렷이 믿게 된다. 위기는 결국 나로부터 온다는 진리. 내가 만들어 낸 위기는 내가 끝내야 한다. "진정한 악당은 나 자신이 아닐까"라는 물음 앞에서 우리 모두 조금씩 고개를 숙이게 될 것이다. 여러 유혹들이 도사리고 있는 삶에서 무게중심이 되어 줄 자아를 위해 다시 일에 열중할 시간이다. 일하자.

한번 읽으면 거침없이 빠져들게 되는
더글라스 케네디의 다른 작품들

『**빅 픽처**』 '지금과 다른 삶을 살고 싶다면' 이 책을 읽어 보라. 최고
　의 흡입력을 자랑하는 소설.

『**위험한 관계**』 '지금 내 옆의 이 남자, 믿어도 될까' 싶을 때마다 읽
　고 싶은 책.

『**리빙 더 월드**』 계속되는 불안에 지칠 겨를도 없는 여자에게 위로
　를 받게 된다.

주변의 사물들이
당신을 말해 주나요?

집은 정돈되는 일이 거의 없지만, 오히려 제멋대로인 모습이 더 매력적으로 보일 것이다. 그들은 개의치 않을 것이다. 살아가는 모습이니까. 그들은 이 같은 안락함을 당연한 것, 애초에 있었던 것, 자신들의 천성처럼 여길 것이다. 그들의 관심은 다른 곳에 있을 것이다. 펼쳐 보는 책, 쓰고 있는 글, 듣는 음반, 매일 나누는 대화에 신경을 쓸 것이다. 그들은 오래 일한 후, 저녁을 들거나 아니면 외식을 하러 나갈 것이다. 친구들을 만나고, 함께 산책할 것이다.

정말 많은 '사물들'이 등장하는 소설, 『사물들』. 이 소설의 주인공 제롬과 실비 커플은 더 큰 부자가 되고 싶은 집착을 사소한 물건을

구경하고 사 모으는 행위로 드러낸다. 그들의 직업은 사회심리 조사
원이다. 면도를 어떻게 하십니까? 구두에 왁스 칠을 하십니까? 파스
타를 좋아하는 남자는 어떤 유형입니까? 등등 "사는 데 필요한 모든
것이 질문거리였다". 그들은 평범한 가방 하나가 "뉴욕이나 런던으
로의 여행의 모든 즐거움을 대변해 주기라도 할 것처럼 굴었다". 과
학적 발명품 같아 보이는 가전제품들을 가지고 싶어 했다. 밤마다
값비싼 술을 마시며 친구들과 벌이는 그들의 이런 행동들은 마치 내
가 점점 비싸지는 샤넬백 대신 비교적 쉽게 가질 수 있는 샤넬 립스
틱을 사는 것처럼 공허하고 유치해 보인다.

  그들은 부자가 되고 싶었다. 자신들이 부자일 줄 안다고 믿었다.
  그들은 부유한 사람들처럼 옷을 입고, 바라보고, 웃을 줄 알았을
  것이다. 그들은 요령과 그에 필요한 신중함도 가졌을 것이다. 자신
  의 부를 잊고 과시하지 않을 줄도 알았을 것이다. 으스대지도 않았
  을 것이다. 풍요로움을 호흡했을 것이다. 그들의 즐거움은 강렬했
  을 것이다. 걷기를 좋아하고, 빈둥거리고, 고르며 음미하기를 즐겼
  을 것이다. 삶을 누렸을 것이다. 삶은 하나의 예술이었을 것이다.

'더 잘살고 싶다'라는 욕망 없이 사는 젊은이는 거의 없을 것이다.

생각지도 못한 것들이
기록으로 남겨져 있을 때가 있다.
그 우연 또한
내가 기획했던 삶이다.

하지만 그들은 '알고자 하는 욕망'보다는 '더 잘 사고 더 잘 먹고 더 잘 보고 싶은 욕망'이 강하게 지배한다. 그래서 남들이 좋다고 하는 것, 남들이 많이 가는 곳, 남들이 많이 사는 것들을 채워 가며 취향다운 취향을 가꿀 시간이 없다는 핑계를 댄다. '20세기 프랑스 문단의 천재 악동'으로 꼽히는 조르주 페렉은 전지적 관점에서 그들을 세밀하게 묘사하고 한껏 비웃고 자리를 떠나는 멋을 보여 준다. 그는 모든 작품에서 실험적인 형식을 시도하는데, 데뷔작인 『사물들』은 그중에서도 가장 읽기 편한 형식을 빌려서 문제의식을 드러낸다. 국립과학연구소 신경생리학 자료 정리자로 일했던 경험이 소설 곳곳에 숨겨 있다. 139페이지짜리 이 짧은 소설 속에는 너무나 많은 내가 들어 있었다. 한번쯤 이와 비슷한 형식을 통해 나의 물기 없는 직장 생활을 길고 자세하게 묘사하고 싶어졌다.

오늘 아침에도 여러 사람들과 동시에 이동하고 갈아타서 을지로입구역에 도착했다. 남들과 다른 속도로 살고 싶은 욕망, 이따금 나를 울리는 것들과의 만남에 대한 욕구는 접어 두고 당장, 오늘 점심엔 피자헛 런치샐러드에 포함된 홍합국이 먹고 싶다고 생각한다. 맛없는 피자는 사이드 메뉴로 곁들여서. (그러나 난 짜고 비린내가 약간 나는 동태탕에 쉽게 배가 고파지는 찐 밥을 먹었다.) 먹는 생각이 간

절해지는 11시의 늦을 지나, 12시 되기 15분 전에 내 배는 저절로 반
응한다. 꼬르륵꼬르륵. 먹지 않고 살 수는 없을까. 대체 언제들 점심
을 먹으러 나갈 생각인 거지, 점심 메뉴는 내가 정할 수 있을까 아니
면 혼자 먹을 수 있을까……

　점심과 저녁, 야근 후 또다시 일어나기 싫은 다음 날 아침이 온다.
기초 화장을 마치고 벨벳과 같아진 얼굴에 꼼꼼히 파운데이션을 바
른다. 새로운 파우더팩트를 하나 샀는데, 색이 진해서 더 밝은 색과
섞어 써야 하는 귀찮음을 덤으로 얻었다. 화장놀이는 재미있지만,
내 아침 시간을 다 잡아먹는다. 가려야 할 것이 줄어들면 확연히 그
시간은 줄어들겠지만, 요즘처럼 투명 화장(나아가 물광까지 연출하는
시대다)이 유행인 시절엔 그에 걸맞게 얇고 정교하게 발라 주느라 시
간이 더 걸린다. 지난주에 백화점에서 20만 원 넘게 주고 산 몸에 꽉
끼는 청바지를 입는다. 어제와 다른 듯 같은 하루의 시작. 결혼 후엔
간단한 선식도 챙겨 먹지 못하고 허기진 배를 안고 지하철을 탄다.
어제와 같은 레일 위에서 흘러간 90년대 가요를 들으며 사무실과 가
장 가까운 출구로 빠져나온다. 생각보다 차가운 바람에 몸이 움츠
러든다. 사무실과 가까운 세븐일레븐에서 덴마크 드링킹 우유를 산
다. 1,400매 원고를 조각조각내고 점심 먹고, 커피 마시고, 사람이 가

득 찬 버스를 타고 집으로 온다. 밤에는 아이폰으로 '블루진 코디' 컷들을 넘겨 보고 내 옷방에 켜켜이 걸려 있는 옷을 매치해 보다 잠들었다. 갑자기 이번 가을·겨울 시즌에 유행한다는 버건디색 로퍼가 갖고 싶어져서 자주 가는 인터넷 쇼핑몰에서 폭풍 검색을 했다. 플레이모빌 게임 속에서 전투를 통해 영토 확장을 하고, 잠시 아이폰으로 독서를 했다. 코디네이터가 꿈인 대학생처럼 밤마다 '이 짓거리'를 하다 잠든다.

　물론 책 만드는 고민도 한가득 하다 잠든다. 대학 교재 한 권을 사지 않는 대학생들을 상대로 마광수 교수가 구매 영수증을 제출하라고 해서 화제가 되고 있다는 기사를 읽었다. 공부할 때 가장 필요한 교재조차 사지 않은 그들에게 당장 필요 없는 에세이를 판다는 건 무얼까. 물 한 번 주지 않고 화초가 잘 자라길 바라는 것처럼 허무맹랑해 보인다. 비싼 등록금 탓하면서, 그들이 흥청망청 마시는 술과 커피는 모두 누구의 주머니에서 나오는 걸까. 이렇게 풍족한 대학생도 일부라는 것을 알지만……. 이래라저래라 하는 자기계발서는 싫다면서 그들이 멘토와 멘토링에 목숨 거는 이유는 무얼까. 그들을 가르친 밥상머리 교육은 어떤 걸까. 아버지와 먹던 저녁이 정말로 행복했던 걸까. 서른두 살이 된 나와 스무 살의 너는 얼마나 다른 생

각을 하고 살까. 생각이 꼬리 자르기를 할 줄 모르고 이어진다. 잠이
나 자자. 내일 늦게 일어나서 급하게 화장하기 싫으니. 아, 그나저나
내일은 뭐 입지.

　　사람들은 흔히 아직 서른이 되지 않은 청년들에게 대해서 독립성
　　과 자기 방식대로 일할 줄 하는 융통성과 열린 사고, 다양한 경험,
　　다면성을 높이 사다가도, 일단 서른 고개를 넘어서면, 미래의 동반
　　자들에게 확실한 안정성, 시간 엄수라든가, 진지한 태도, 자기통제
　　와 같은 것을 증명하도록 요구하기 때문이다.

　배경이 1960년대 프랑스임에도 불구하고 작가가 내 일기 속에 들
어갔다 나온 것처럼 느껴지는 문장들이 대부분이다. 나는 그들과 다
를 것이 없었다. 나는 언제부턴가 "일하지 않는 자는 먹지도 말아야
한다고 입버릇처럼" 말하고 있다. 나는 어긋나 있었다. 매일 어떻게
잠들었는지 기억도 나지 않는다. 평일 저녁 약속은 나 스스로 없애
버렸다. 두려움이 들 때면 일을 '바쁘게' 처리했다. 나는 삶을 기다렸
다. 아니, 나는 돈을 기다렸다. 이제 언제까지나 단순히 출판 편집자
로 살 수는 없다. 회사에서 별 볼 일 없는 채로 남느냐 아니면 디지털
콘텐츠 분야의 새로운 영역을 만들거나 기존 출판 영역을 다양화해

서 내 자리를 스스로 만드느냐는 기로에 놓여 있다.

　우선, 정확히 책상에 앉아서 하는 일에 대해서만 생각하기로 했다. 어제는 아이폰 불빛 하나에 의지해, 조각 일기를 하나 쓰고 잤다. 일기장에 외면 일기는 매일 적고 있다. 생각지도 못한 것들이 기록으로 남겨져 있을 때가 있다. 그 우연 또한 내가 기획했던 삶이다. 제롬과 실비처럼 시간이 대신 길을 선택하게 하지 않겠다고 다짐한다. 이제는 그런 조각 글들을 모아, 원고를 한 꼭지씩 매듭지어야 한다. 돌멩이가 모여 산이 된다. 사물과 사물이 모여, 『사물들』이란 소설이 되었듯이.

내게 위로가 되어 주는 사물들 👓

레고 스타워즈 시리즈 / 플레이모빌 피규어 / 민음사와 열린책들 세계문학 전집 / 런던과 관련된 책자들 / 물방울 무늬의 양말 / 린넨으로 만든 테이블 매트 / 드라이 플라워 / 잘 죽지 않는 다육식물 / 극세사 담요 / 호텔에서 가져온 볼펜들 / 케이스가 조금 깨진 바흐의 무반주 첼로 모음곡 CD / 결혼 선물로 사 준 남편의 전자시계…….

이제는 그런 조각 글들을 모아,
원고를 한 꼭지씩 매듭지어야 한다. 돌멩이가 모여 산이 된다.
사물과 사물이 모여, 『사물들』이란 소설이 되었듯이.

리스본행 야간열차 *Nachtzug nach Lissabon*
파스칼 메르시어

당신 내가
지루한 사람이라고 생각해?

인생을 결정하는 경험의 드라마는 사실 믿을 수 없을 만큼 조용할 때가 많다. 이런 경험은 폭음이나 불꽃이나 화산 폭발과는 아주 거리가 멀어서 경험을 하는 당시에는 느끼지 못하는 경우가 더 많다. 엄청난 영향력을 발휘하고, 인생에 완전히 새로운 빛과 멜로디를 부여하는 경험은 소리 없이 이루어진다. 이 아름다운 무음에 특별한 우아함이 있다.

여기 칸트처럼 생활하는 고전문헌학 교수이자 라틴어 교수 그레고리우스란 인물이 있다. 그는 한 치의 어긋남도 없는 사람이라 30년 이상 일을 해 오는 동안 실수를 한 적도, 비난받을 일을 한 적도

없었다. 그의 별명은 '걸어 다니는 사전'이었다. 폭우가 쏟아지던 어
느 날, 그에게 한 여자가 등장한다. 자살하려던 그녀를 붙잡아 세운
그의 행동은 평소와 달랐다. 그녀가 썼던 포르투갈어가 그를 다음
날 무작정 떠나게 만들었다는 것도 놀랍다. 포르투갈 귀족 아마데우
드 프라두의 책 한 권을 들고, 정든 학교를 등지고 리스본으로 향하
는 야간열차에 오르는 그레고리우스의 여정을 따라가 보도록 하자.

　　그때 형태가 잡히지 않은 채 우리 앞에 놓여 있던 그 열린 시간에
　　우린 무엇을 할 수 있었을까. 무엇을 해야 했을까. 자유로워 깃털
　　처럼 가벼웠고, 불확실하여 납처럼 무거웠던 그 시간에.

　그가 사랑하고 숭배했던 고전들은 각자의 삶을 산 인물들로 가
득했고, 그 책들을 읽고 이해한다는 것은 언제나 이런 삶을 읽고 이
해한다는 뜻이었다. 불면증으로 인해 밤마다 읽던 책들이 오직 자
기에게만 속한다고 생각했다. 이렇게 확고한 삶을 살았던 그가 어
쩌다 지금까지의 삶 모두를 부정하게 되었을까. 소설 『리스본행 야
간열차』는 책과 언어, 규칙과 금지로 가득한 삶에서 벗어나 타국의
언어로 쓰인 자서전을 읽으며 자아를 찾아가는 한 고리타분한 남자
의 성장 이야기를 담고 있다. 고전이거나, 고전이 될 소설 중 '성장'이

란 메타포가 없는 작품은 거의 없을 것이다.

　고백하자면, 이 책은 사무실에 출근할 때 밤에 읽기만 해도 잠이
오던 소설이었다. 당연히 햇볕이 쨍쨍하게 내리쬐는 낮에는 들고 다
니는 것 자체가 무의미했다. 책은 1, 2권 합쳐 700페이지에 달하는
분량이기 때문에 쉽게 끝을 보지 못했다. 그래서 그동안 내게 한 달
의 독서 휴가가 생긴다면 가장 먼저 완독하고 싶었던 소설로 남겨 두
었다. 주인공 그레고리우스가 책밖에 모르는 인물이었음에도 불구
하고 나는 그를 이해할 수도 사랑할 수도 없었다. 바빠서 정신없고,
정신을 빼놓고 살았기에 그냥 바쁘기만 했던 그 계절엔 리스본이란
도시와 스위스의 고전문헌학자 주인공은 우주만큼 멀어 보였다.

　다행히 마성의 연기파 배우 제레미 아이언스 주연의 동명 영화를
보고 이 책을 다시 읽으니, 그레고리우스의 고리타분함이 조금 상쇄
되어 속도감 있게 책장이 넘어갔다. (물론, 영화와 소설의 내용은 다른
부분이 많다!) 소설의 장점이 보이기 시작했다. 그의 내적인 여행엔
책과 언어학적 사유가 항상 동반하고 있어서 읽을거리가 풍부하다.
새롭게 떠오른 리스본의 밤 풍경도 어렴풋이 경험해 볼 수 있다.

리스본은 관광 명소나 여행 무대로 그의 관심을 끌지 못했다. 이곳은 그가 자기 인생으로부터 도망쳐온 장소였다. 그런 관점에서 본다면 도시 전체를 조망하기 위해 한번쯤 타호 강을 지르는 유람선을 타 보는 것도 괜찮다는 생각이 들었다. 하지만 이것도 정말 원하는 일은 아니었다. 그렇다면 원하는 게 도대체 무엇일까?

뭘 해야 좋을지 모를 때마다 독서를 하곤 했던 그레고리우스. 리스본에서도 그동안 모은 책을 정리하는 등 자신의 습성을 쉽게 버리지 못하지만, 그는 이 낯선 도시에서 프라두의 흔적을 찾아다니며 자신을 막 만난 이방인처럼 바라보는 일에 몰두한다. 아내의 자유분방함과 매력을 파괴하기 위해 자신의 학식을 남용했던 못난 자신을 이제야 깨닫게 된 것이다. 우리는 이렇게 떠나야만 자신을 알게 되는 것일까? 자신의 삶과 완전히 달랐던, 자기와는 다른 논리를 지녔던 어떤 한 사람을 알고 이해하는 것은 자아 찾기의 지름길일까?

실제 철학자이자 고전문헌학자, 언어학자, 소설가인 이 책의 저자 파스칼 메르시어(본명 페터 비에리)는 자기에 대한 관심과 다른 사람에 대한 호기심을 조화롭게 공존시키는 방법을 그레고리우스라는 인물을 통해 제시하고 싶었던 것 같다. 현재의 그레고리우스와 천재

이 책은 마법과
같은 힘을 발휘해
그를 변화시켰다.

프라두 이야기가 교차되면서 스위스의 평화주의자(방관주의자에 가깝다)가 포르투갈의 혁명주의자를 변호한다. 방대한 분량만큼 다양한 인물들의 증언이 등장해서 소설 속에서 나는 자주 길을 잃었다. 이따금 파트릭 모디아노의 소설 『어두운 상점들의 거리』가 떠오르면서 안개가 긴 새벽길을 걷는 것만 같았다. 그의 방황과 불안이 내게 옮겨와, 다시 앞 페이지로 돌아가고, 돌아왔다 다시 돌아가기를 반복했다. '의식의 추리물'이라 해도 무방할 정도이다.

작가는 많은 부분을 프라두의 책 『언어의 연금술사』에 기대어 이야기를 전개한다. 어느 날, 자신의 모든 걸 버리고 떠나기 위해선 무진장 인상적인 도구가 필요하고 이 책은 마법과 같은 힘을 발휘해 그를 변화시킨다. "호기심과 질문, 의혹과 논거, 생각하는 즐거움 없이 우리가 어떻게 행복해질 수 있을까?"라고 묻고 또 묻는 소설이다. "내가 말하는 나와 남이 말하는 나. 어느 쪽이 진실에 가까운가?" 하는 문제는 결국 프라두를 죽음으로 내몰았다. 하지만 그의 죽음은 돌멩이보다 무미건조했던 한 남자의 삶에 물기를 주었다.

한적한 곳에 일부러 갇혀서 큰 각오를 하고 읽어야 하는 소설이지만, 한번 읽고 나면 두 번 읽고 싶어지는 소설이기도 하다. 단순히 즐

거움을 얻기 위해 소설을 읽는 독자라면 별로 권하고 싶지 않다. 나
는 아직 온전히 그레고리우스와의 리스본 여행을 마무리 짓지 못했
다. 저항resistência과 혁명revolução이 패션용어처럼 쓰이는 시대를 사
는 나에게, 이 책은 너무 일찍 찾아왔는지도 모른다. 이 글은 십 년이
지난 후, 다시 쓰여야만 한다.

인생은 우리가 사는 그것이 아니라, 산다고 상상하는 그것이다. 프
라두가 썼던 글이었다.

댈러웨이 부인*Mrs Dalloway*
버지니아 울프

□
▪

꽃이 필요한 순간들을
기억하시나요?

언제나 일어나는 일이 일어난 것뿐이었다. ― 그들의 삶에서 매일 저녁 일어나는 일이.

어느 날씨 좋은 1920년대 6월 중순, 런던의 어느 하루. 클라리사 댈러웨이 부인은 "꽃은 자기가 사오겠노라고" 말하고 집을 나선다. 그녀의 눈에 비친 런던의 풍경과 파티에 온 사람들의 모습이 이 소설 서사의 전부라고도 할 수 있다. 『댈러웨이 부인』은 버지니아 울프가 마흔 살의 나이에 흔히들 '의식의 흐름'이라 일컫는 소설 기법으로 쓴 작품으로 마음먹고 읽으면 더 이해하기 힘든 소설이다. 클라리사의 산책길을 따라 런던과 그곳에 살고 있는(혹은 살았던) 사람들

을 만나러 간다는 가벼운 마음으로 떠나 보자. 그녀처럼 나도 거리
를 걷는 것을 지나칠 정도로 사랑하므로.

그녀는 빅토리아 스트리트를 건너며 생각했다. 왜 그렇게 삶을 사
랑하는지, 어떻게 삶을 그렇게 보는지, 삶을 꿈꾸고 자기 둘레에
쌓아 올렸다가는 뒤엎어 버리고 매 순간 새로 창조하는지, 하늘이
나 아실 일이다. 더없이 누추한 여인을, 남의 집 문간에 앉아 있는,
비참하기 짝이 없는 이들도 마찬가지야. 저 사람들도 인생을 사랑
하거든. 바로 그 때문에 의회 법으로도 다스릴 수 없는 거야.

소설은 오십 대의 안방마님 클라리사, 전쟁 후유증으로 환각 상태
에 빠져 끝내 자살로 생을 마감하는 셉티머스, 클라리사의 옛 구혼
자 피터 월시 이야기가 나란히 삼각구도로 진행된다. 처음엔 빅벤의
종소리를 기준점으로 세 인물의 인상을 쫓아다니기 바빴다. 시계가
시간을 알린다. 한 점, 두 점, 석 점……. 점점 소설에 빠져들수록 인
생의 순간순간을 기억하고 연결하려는 버지니아 울프, 그녀 자신이
보였다. "그녀가 사랑하는 것, 삶이, 런던이, 유월의 이 순간."

젊은 시절의 열정을 그리워하는 클라리사는 왜 그렇게 무의미해

보이는 파티를 열려고 하는 것일까? (이 질문은 소설을 읽는 내내 따라다닌다.) 그녀는 자기 파티가 정말로 중요하다고 생각했고, 지루하게 되어 간다는 것을 견딜 수 없어 했다. 그녀는 파티에 온 사람들의 면면을 관찰하고 심리를 꿰뚫어본다. 매번 파티를 열 때마다 그녀는 이렇게 자기 자신이 아닌 무엇인가가 되는 듯한 느낌, 어찌 보면 모든 사람이 비현실적이고 어찌 보면 훨씬 더 현실적인 듯한 느낌이 들곤 했다. 그런 그녀를 버지니아 울프가 피터의 목소리를 빌려 우아하게 묘사한다.

> 파도 위를 노닐며 머리채를 뚫는 듯이 보이는, 그녀는 여전히 그 재능을 가지고 있다. 그저 거기 존재하는 재능, 지나가는 순간 삶 전체를 집약하는 재능을. (…) 거물처럼 보이려고 최선을 다하고 있는 (부디 그에게 행운이 있기를) 저 금줄 두른 사내에게 작별 인사를 하는 그녀에게는 뭐라 말하기 힘든 위엄이 있다. 극히 섬세한 따사로움이 담겨 있다. 마치 온 세상에 복을 빌면서, 이제 모든 것의 막바지에서, 작별을 고하기라도 하는 것처럼.

이 책에 밑줄 그은 문장들을 따라가 보면, "지나가는 순간 삶 전체를 집약하는" 버지니아 울프의 집요함에 지칠 때도 있다. 그녀는 바

늘구멍으로도 온 세상을 다 들여다보는 듯한 표현력을 자랑한다. 온
갖 소리와 색깔, 대화와 웃음소리, 지나가는 차의 경적 소리, 노신사
가 신은 양말까지 세세히 묘사하고, 풍부한 표현으로 그 순간순간
을 소설에 아로새긴다. 놀랄 만큼 많은 수의 재능 있는 사람들과 교
류했던 작가 자신의 경험은 파티를 묘사하는 후반부에 더욱 빛을 발
한다. 클라리사가 바라보는 리처드, 피터가 바라보는 클라리사, 샐
리가 바라보는 피터, 여자들이 바라보는 여자들, 남자들이 바라보는
남자들 등 다양한 시선이 겹치고 겹쳐서 하나의 파티를 완성시킨다.
그리고 결정적인 셉티머스의 사살. 같은 시간 다른 장소에서 이루어
지는 사건이 파티장을 덮친다. 마치 버지니아 울프의 극적인 자살이
소설에서 예견이라도 된다는 듯이.

> 인생이란 참을 수 없다. (…) 그런데(바로 오늘 아침 그녀 자신도 그랬
> 지만) 두려움이라는 것도 있다. 부모가 손에 쥐어 준 이 인생이라는
> 것을 끝까지 살아야 한다는 것, 평온하게 지니고 가야 한다는 것에
> 덮쳐 오는 무력감. 그녀의 마음속 깊은 곳에도 끔찍한 두려움이 자
> 리 잡고 있었다.

이런 두려움에서 클라리사는 벗어났다. 하지만 그 청년은 자살했

다. 그녀는 그가 자살은 했지만 불쌍하다고 느끼진 않는다고 말한다. 동시에 그녀는 자신의 나이 들어감을 찬양한다. 이런 과정을 여러 번 겪었으리라. 밤마다 불면증에 시달리면서도 해가 뜨는 것과 날이 저무는 것을 바라보며 기쁨에 떠는 끔찍하게 예민한 작가의 한숨⋯⋯. 쉽지 않은 책이고, 쉽게 읽고 싶지 않은 책이다. 나의 젊은 날과 연관되는 사람들을 한자리에 모아놓고 천천히 감상하고 싶어진다. 결혼식을 치렀지만, 그때 나를 찾아왔던 많은 사람들을 돌보지 못했다. 언제나 결혼식의 주인공은 신랑, 신부가 아니라 그날의 '음식'이라는 진실만이 남았다. 그날의 풍경을 하나하나 묘사해 보고 싶은 욕구가 생긴다.

　〈만일 지금 죽어야 한다면, 지금이야말로 가장 행복한 때이리〉하고 언젠가 그녀는 중얼거린 적이 있었다. 새하얀 옷을 입고 계단을 내려오면서.

　작가는 대단히 매력적인 클라리사에게 뭔가가 결여되어 있다고 생각한다. 질투심이 강한 샐리의 시선대로 그녀는 자신보다 신분이 낮은 광부의 아들과 결혼했기 때문일까. 속물근성이 묘하게 섞인 그 친절함은 정말 거짓일까. 하지만 나이가 들어 좀 더 성숙해진 피시계가 시간을 알린다.
점점 소설에 빠져들수록 인생의 순간순간을
기억하고 연결하려는 버지니아 울프,
그녀 자신이 보였다.

터는 안다. 이제 그녀는 늙었지만, 바라보고 이해하면서 느끼는 힘
은 더 강해졌다고. 클라리사에게 정원, 나무들, 응접실 벽지, 브람스
를 노래하던 남자, 깔개들의 냄새와 같이 샐리와 피터는 언제까지나
젊은 시절의 일부일 것이다. 정말 싫은 사람들도 만나야 하는 지금
과 달리, 그때는 그렇게 그립고 살가운 것들이 넘쳐났다. 지난날을
생각하며 기쁨으로 온몸에 생기가 돌았던 '댈러웨이 부인'은 그렇게
하루를 조용히 마감할 것이다. 그녀는 아주 젊은, 그러면서도 말할
수 없이 나이가 든 기분이 들었다. "단 하루라도 산다는 것은 아주,
아주 위험한 일이라는 느낌이 떠나지 않았다." 그녀를 둘러싼 죽음
의 냄새는 강하다. 그러나 적어도, 오늘은 아니다.

버지니아 울프를 이해할 수 있는 장치 하나

그녀의 자전적 에세이를 읽는다. 그녀의 소설이 하나의 장면(순간)
묘사로 이루어진 이유를 짐작해 볼 수 있는 책 『존재의 순간들』의 한
대목을 주목해 보자.

이처럼 장면을 포착하길 좋아하는 것이 나의 글쓰기 충동의 기원
일까? 이 물음들은 현실과 장면, 그리고 장면과 글쓰기의 연결에

관한 물음인데, 나에겐 이에 대한 대답도 전혀 없으며 이 물음에
주의를 깊게 쏟을 시간도 전혀 없다. 아마도 만일 나의 뜻대로 고
쳐 쓴다면, 나는 이 물음을 조금 더 정확하게 다듬고 고심한 끝에
대답을 찾아낼 것이다. 분명히 나는 그 기능을 개발했다. 왜냐하면
내가 하는 모든 글쓰기(소설, 비평, 전기)에서, 나는 거의 언제나 하
나의 장면을 발견해야 하기 때문이다. 심지어 어떤 인물에 대한 글
을 쓸 때에도 나는 그들의 삶에서 대표적인 장면을 발견해야 한다.
아니면 어떤 책에 대한 글을 쓸 때에는, 나는 그 시나 소설 속에서
그 장면을 발견해야 한다.

디어 라이프 *Dear Life: stories*
앨리스 먼로

아직 슬퍼할 일은
많이 남아 있단다…….

　　　　　　　　　　"어디서나 들을 수 있는 뻔한 이야기"
로 노벨문학상을 탄 앨리스 먼로의 소설집, 『디어 라이프』. 이 소설
집의 소설들은 모두 하나같이 '상실'과 '결핍'을 이야기한다. 한 작품
을 여러 번 읽었지만, 다시 읽을 때마다 내가 읽었던 이야기가 맞나
싶게 낯설다. 이 글을 쓰고 있는 지금도 「안식처」, 「메이벌리를 떠나
며」, 「시선」, 「밤」 등을 다시 읽었다. 단편집이지만, 연작소설처럼 주
인공들이 모두 한 동네에서 살고 있는 것처럼 느껴진다. 원서로 읽
었다면, 더 쓸쓸했을 것 같은 이야기들. 남겨진 사람들과 떠난 사람
들, 이제는 떠나갈 사람들에 대한 이야기들이 방 안 공기 속에 가
득 찬다. 서서히 피어난다. 이야기의 꽃들이.

지적인 면에서는 진지하지만 환경은 어수선했던 우리집에 대해 내
가 가졌던 애착은 차츰 희미해졌다. 이만한 안식처를 유지하려면
여자가 자신의 에너지를 모두 쏟아야 했다. (…) 안식처는 중요한
말이었다. "여자에게 가장 중요한 일은 남편을 위해 안식처를 만들
어주는 것이다." 돈 이모가 정말로 그런 말을 했을까? 그렇지는 않
았을 것이다. 이모는 그런 단정적인 말은 하지 않았다. 아마 내가 그
집에서 발견한 살림 잡지에서 읽은 말이었을 것이다. 어머니가 보
았다면 구역질을 했을, 그런 잡지에서.　　　　　_「안식처」 중에서

　　단편소설 작가로는 이례적으로 노벨문학상 수상자가 된 노 작가
는 아직도 자신이 자란 그 '타운'을 정신적으로나 육체적으로 떠나
지 못한 듯하다. 떠날 필요성을 못 느끼는지도 모르고. 읽었지만, 읽
었다고 할 수 없는 책에 대해 이야기할 때 나는 내 이야기를 꺼낼 수
밖에 없다. 내가 살던 동네, 내가 살고 있는 동네, 앞으로 내가 살아갈
동네에 대하여…….

　　초등학교 5학년, 딱 한 번 전학을 갔었다. 신대방동에서 쌍문동으
로. 낯선 곳에서 처음 보는 아이들과 점심을 나눠 먹었다. 이방인이
었던 내가 2학기 반장이 되기까지 나는 아이들에게 나의 존재감을

드러내기 위해 부단히 노력했다. 친절한 척, 새 학용품이 많은 척, 밝은 척, 공부 잘하는 척. 다행히 그 나이엔 내 연기가 썩 괜찮았던지 새 학교에서 많은 친구를 사귀었다. 지금은 누구의 아내, 누구의 남편, 누구의 엄마와 아빠, 누구의 누구도 아닌 자신으로 살아가고 있을, 내 곁을 떠난 사람들. "그들 중 몇몇이, 대부분이, 영원히 떠나 버렸다." 그들을 모두 내 글에 초대할 수 있을까. 앨리스 먼로의 메리, 리아, 재스퍼, 코리처럼.

　도보가 아닌 지하철을 타거나 스쿨버스를 타고 가야 했던 정릉의 고등학교, 한 시간 반이 넘게 지하철을 타고 다녔던 대학교, 버스를 타고 막히면 두 시간은 족히 더 걸렸던 남부터미널역 부근 예술의 전당(미술 전시회의 스텝으로 일했다), 온 세상 사람들이 모두 그곳으로 출근하는 것처럼 붐볐던 을지로입구역 부근 출판사 사무실로 가는 길의 풍경들, 잡념들, 한숨들이 한꺼번에 몰려온다. 재개발의 폭풍으로 언덕배기 마지막 집이 되었던 사연(그 집은 햇빛이 잘 들지 않아 낮에도 어두컴컴했고 비가 오면 안방 천장, 부엌 벽에서 물이 샜다)까지……. 나는 인생의 절반을 낯모르는 인파에 둘러싸인 채 거리에서 낭비했다. 집에 가는 내내 서서 가야 했던 어느 날엔, 앉아 있는 사람의 머리통에 대고 (마음속으로만) 쌍욕을 내뱉기도 했다. '제발 내려

라. 제발 내려라 씨이발. 나도 좀 앉자. 앉아 좀 보자. 피곤해 죽겠다
고.' 그러나 그 사람은 종점에 가까워져서야 내렸다. 서울 끝자락에
사는 나를 원망할 수밖에. 이런 이야기들이 나 혼자만의 이야기가
아니라 공감을 불러일으키는 '모두의 이야기'가 되기 위해선 또다시
그녀에게로 돌아가야 한다.

　　지금 생각하면 내 학창시절은 내가 ─ 내 얼굴이 ─ 어떻게 보이는
　　지에 익숙해지다가, 다른 사람들이 그것을 어떻게 생각하는지에
　　익숙해지다가 다 가버린 것 같다. 내가 새로운 사람들과 끊임없이
　　부대끼지 않고도 이곳에서 살아남아 생계를 유지할 수 있음을 알
　　게 된 것, 그리고 이곳에서 용케 버텨낸 것을 나는 작은 승리라고
　　생각한다.　　　　　　　　　　　　　　　　　　　　　_「자존심」 중에서

　　세 아이의 어머니이자, 한 번의 이혼과 재혼 그리고 사별을 겪은
아내로서 먼로는 줄곧 양육이나 집안일보다 "글이 잘 써지지 않는
것"에 대한 고통을 토로한다. 그리고 그녀는 왜 자신이 '현대 단편소
설의 거장'이 되었는지에 대해서도 설명한다.

　　나는 오랜 세월 동안 단편은 그저 장편소설을 쓸 시간이 날 때까

지 써보는 연습 같은 거라고 생각했다. 하지만 어느 날 나는 그것
이 내가 할 수 있는 전부라는 것을 깨달았다. 그리고 그 사실과 직
면했다.
_앨리스 먼로Alice Munro

아이가 잠잘 때만 글쓰기가 가능했던 작가에게 '단편'만큼 매력적
인 장르는 없었을 것이다. 먼로는 단편 안에서 사소해 보이는 사건, 사
고를 삶 전체로 확장시킨다. 자전적 이야기라 할 수 있는 표제작「디어
라이프」에는 어머니에 대한 동경과 비난이 섞여 있다. 파킨슨병에 걸
린 어머니를 외면했던 타운걸. 그녀는 어머니의 마지막 순간에도 그리
고 장례식에도 집에 가지 않았다. "어린 식구들과 한결같이 불만족스
러웠던 글쓰기" 때문에……. (나도 모르게 '한 여자'를 떠올렸다. 바로「한
여자」,「남자의 자리」의 작가 아니 에르노.)

너무하다고 생각될지 모른다. 사업은 망했고 어머니는 건강을 잃
어갔다. 소설에서도 그런 일은 일어나지 않을 것이다. 하지만 신기
하게도 나는 그때를 불행한 시기로 기억하지 않는다. 집에 딱히 절
망적인 분위기가 감돌지는 않았다. 아마 그때는 어머니가 호전되
지 않고 더 나빠지기만 할 거라는 사실을 몰랐던 것 같다.
_「디어 라이프」 중에서

여자가 자기주장을 하거나 글을 쓴다거나 사회 활동을 하는 것을 불경한 것처럼 여기던 시절을 통과해 캐나다 국적자로서는 최초로 노벨문학상까지 거머쥔 작가는 이제 정말 글을 그만 써야 할 시기가 온 것 같다고 말한다. 왜 글을 써야 하는가란 의문이 자꾸 드는 요즘 절제된 문장으로 더 없이 풍부한 인생의 아이러니를 보여 주는 앨리스 먼로 때문에 이것이 내가 할 수 있는 전부라는 것을 깨달았다. 마지막 작품 「디어 라이프」에선 나도 모르게 눈물도 났다. 경지에 오른 그녀와 나를 비교한다는 것 자체가 우습지만 한 가지 분명한 것은 나 역시 딸로, 며느리로, 아내로, 나아가 어머니로 살아가야 한다는 것이다. 엄마의 품을 떠나 내가 아이를 품어야 하는 그 시기가 오면 그녀를, 그녀의 글을, 그녀의 이야기를 더 잘 이해하게 될 것 같다. 이 이야기를 하기 위해 2주를 끙끙 앓다 보니 벌써 여름을 지나 가을이 되었다.

이제는 내게 한없이 의지하는 엄마를 생각하다 문득, 서늘함을 느꼈다. 시장에 갈 때도, 밤마다 불면증에 시달려서 안방에 넘어가 부모님 곁에서 자려고 할 때도 차갑기만 했던 엄마는 이제 나 없이는 못 산다며 매일 아침저녁으로 전화를 하지 않으면 화를 낸다. "그녀처럼 살지 않겠다"고 다짐하면서 집을 떠나왔다. '글쓰기'를 무기로 80년을 넘게 일과 가족을 지켜 온 먼로가 내게 가르쳐 준 진실은, "어떤 일들은 용서받을 수 없다고, 혹은 우리 자신을 결코 용서할 수 없다고. 하지만 우리는 용서한다. 언제나 그런다"라는 것과 아직 슬퍼할 일이 아주 많이 남아 있다는 것이다. 그녀의 글들은 이야기가 아니라 인생이었다. 특별할 것도 없는 내 인생도 소설이 될 수 있을까. 나는 인생을 읽어 내느라 이리도 피곤한 것인지도 모른다. 우선 긴 잠을 자고 싶다.

일반적이지 않은 독자 *The Uncommon Reader*
앨런 베넷

.
.

요즘 무슨 책을
읽고 있나요?

　　　　　　　　　　　　편집자 일을 관두고, 나는 다시 '일반
적인 독자'로 돌아왔다. 책 읽기가 더 이상 취미가 되지 못하는 직업.
그 직업을 선택하고 후회보다는 보람을 느낄 때가 많았지만, 취미가
직업이 된 이후 독서보다는 다른 행위를 통해 스트레스를 풀게 되었
다. 이를테면, 화초 키우기, 레고 조립, 인스타그램 업데이트, 요리와
같이 책과 관련 없는 것들만 골라 했다. 결혼을 앞둔 반년 동안은 신
혼집 꾸미기를 위한 '물건 구매'에 여가 시간을 통째로 바쳤다. 결혼
식이 끝나고, 일상으로 복귀했을 때에야 비로소 책을 읽지 않고 사
는 것에 대한 허무감이 밀려왔다. 책을 읽지 않는다는 건, 내가 나이
기를 포기하는 것과 같았기 때문이다. 모든 물건을 갖다 버리고 싶

어질 만큼 절망적이었다.

불현듯 책 읽기는 실천적 행위가 아니라고 했던 영국 여왕 이야기
가 생각났다. 영국 연극계의 거장 앨런 베넷의 장편 소설 『일반적이지
않은 독자』는 취미를 갖지 않는 것이 본분인 여왕이 독서에 빠지게 되
는 과정을 담은 우화집이다. "폐하께서는 어떤 책을 좋아하십니까?"란
질문에 쉽게 답하지 못했던 여왕은 늦게 배운 책 읽기에 날 새는 줄도
모르는 지경에 이르게 된다. 여왕과 독서. 왠지 고리타분한 주제 같아
보이지만, 재주 많은 저자는 은근히 영국을 비웃는 유머(속 좁은 총리도
등장한다!)를 구사하며 시종일관 유쾌하게 이야기를 이끌어 간다.

독서를 더 많이 할수록 여왕은 자신이 사람들을 움츠러들게 한 것
이 후회스러웠고 몇몇 작가들이 나중에 글로 적은 바를 자기 앞에
서 말할 용기가 있었더라면 하고 바랐다. 또한 여왕은 어떤 책을
읽으면 그 책이 길잡이가 되어 다른 책으로 이끈다는 것도 깨닫게
되었다. 고개를 돌리는 곳마다 문들이 계속 열렸고, 바라는 만큼
책을 읽기에는 하루가 너무 짧았다.

주방 잡부에서 여왕의 필생(필경을 하는 사람)이 된 노먼은 여왕에
게 좋은 작가와 좋은 책을 적극적으로 추천해 준다. "책 읽는 즐거움

을 발견한 뒤로 여왕은 그 즐거움을 전파하려 애썼다." 그럴수록 소설
에서는 책벌레가 된 여왕을 걱정하는 이들이 하나씩 늘어간다. 하지
만 모두가 여왕이 심심풀이로 시작했다가 금방 그만둘 거라고 생각
한다. 견문이 넓은 여왕이 책을 통해 얻을 수 있는 건 없을 거라고 자
기들 멋대로 생각하고 안심하는 것이다. 여왕의 생각은 달랐다. 자신
의 눈치만 보는 각료와 시종들과 달리 책은 초연해서 매력적이었다.
자신을 비롯한 모든 독자가 평등하다는 사실이 여왕을 변화시켰다.

　　아이패드를 사기 전에는, 항상 가방에 종이책을 넣어 가지고 다녔
다. 단 한 줄밖에 못 읽고 다시 집으로 가져올지라도 무조건 갖고 나
갔다. 그래야 마음이 놓였고, 기다리는 순간을 지루하지 않게 보낼
수 있었다. 가끔, 술집에 놓고 오는 경우도 있었는데 책은 거의 대부
분 아무도 가져가지 않아서 다음 날이면 찾아올 수 있었다. 책은 언
제나 놀이를 방해하기 때문에, 여러 모임에서 환영받지 못했다. "넌
굳이 오늘까지 그 책을 들고 나와야 했냐." 친구들의 핀잔은 예삿
일이었다. 책을 읽다 보면, 약속 시간을 어길 때도 있었고(남자 친구
는 책과 살라고 화를 내고……) 내려야 할 정거장에서 내리지 못해 지
각(책을 읽느라 역을 지나쳤다는 것은 직장인에겐 비겁한 변명일 뿐이
다……)할 때도 있었다. 책이 있어, 멀어진 친구들을 애써 그리워하

지 않게 되었다. 언제나 부르면 달려올 거리에 있는 책들. 그들과 함께 내 이십 대는 찬란히 어두워져 갔다. 그럼, 여왕의 삶은 어떻게 변했을까.

여왕은 국민들에게 흔히 묻던 질문들을 ― 일을 한 지는 몇 년이 되었는지, 태어난 곳은 어디인지 등 ― 버리고, "요즘 무슨 책을 읽고 있나?"와 같은 참신한 질문을 하기 시작했다. 갑작스럽게 이런 질문을 받으면 대게 어색한 침묵이 흐르기 쉬운데, 가령 한 국민이 버지니아 울프나 디킨스를 좋아한다고 대답하면 그때부터 그 만남은 길어졌다. 여왕은 어떤 목적이 있어서 책을 읽는 것이 아니라, 오직 '즐거움'을 위해 읽는 독자이다. 그 즐거움이 개인적이다 보니, 공적인 행사들이 점점 책에 밀려 축소되기 일쑤였고, '문학의 밤'과 같은 연회를 열어 좋아하는 작가들을 초대했다. '살아 있는 작가'에게 크게 실망한 여왕은 이제 고전으로 눈길을 돌렸다. 여왕은 급기야 읽을 책이 없으면, 짜증을 내고 까다롭게 굴기만 했다. 이는 책을 좋아하는 사람이라면, 누구나 공감할 만한 '금단 현상'이다. 다음은 유난히 박수치며 좋아했던 구절이다.

"책을 읽고 마음에 든 작가가 생겼는데, 그 작가가 쓴 책이 그 한 권

만 있는 게 아니라, 알고 보니 적어도 열 권은 넘게 있는 거예요. 이
보다 더 즐거운 일이 있을까요?"

　　정말 사랑스러운 여왕이다. 프루스트, 앨리스 먼로, 발자크, 투르
게네프, 실비아 플라스, 이언 매큐언, 조지프 콘래드, 헨리 제임스, 제
인 오스틴 등 익숙한 작가의 이름이 쉬지도 않고 나오는 이 책을 어
찌 사랑하지 않고 베길 수 있겠는가. 이보다 더 부지런한 독자는 만
난 적이 없어서 자극도 받는다. 맞아, 나도 끼니를 거르고 도서관에
처박혀 책만 볼 때가 있었지⋯⋯. 한동안 업무에 필요한 책만 골라
읽었으니 책에 대한 흥미가 떨어질 수밖에. 책 대신 미니스커트, 코
트만 여러 벌 사 입던 지난 3년간의 순간들이 아프게 떠오른다. 지금
생각해 보면 그 옷이 그 옷인데, 왜 그 옷을 사겠다고 토끼눈이 될 정
도로 인터넷을 뒤지고 백화점을 신발 굽이 닳을 정도로 드나들었는
지. 조용히 반성의 시간을 가져 본다.

　　사느라 바빴다, 여유롭게 책이나 읽을 시간은 없다, 당장 먹고사
는 일이 중요한 나에게 독서는 사치다, 라는 말을 달고 사는 사람들
에게 그럴 때일수록 책을 읽어 보라는 말을 자주 하는 편이다. 구태
의연한 표현일지 모르지만, 책 읽기는 가장 소중한 '나만의 시간'을

제공해 주는 도피처이다. 요즘처럼 남편이 잠들고 홀로 깨어 좋아하
는 책을 읽고 글을 쓰는 여유로운 시간이 앞으로 내게 영영 주어지
지 않을지도 모른다. 아이가 태어나면, 한동안은 커피 한 잔의 여유
도 반납해야 한다. 수많은 시종이 자질구레한 일을 대신 해 주는 여
왕과 달리 나는 직접 해야 할 집안일과 일거리가 점점 더 많아질 것
이다. 마지막까지 목숨 걸고 지켜야 할 한 가지는, 책 읽는 시간 확보
이다. 그것만 보장된다면, 무슨 일이든 잘 헤쳐 나갈 것이라 믿는다.
지독한 책벌레에겐 독서만이 휴식의 전부다.

　책을 좋아하는 사람의 마지막 단계가 남았다. 바로 글쓰기. 이 책에서
저 책으로, 저 책에서 그 책으로 쉼 없이 넘어가다 보면 어느 순간 '나도
쓰고 싶다'는 강렬한 욕구에 사로잡히게 된다. 여왕도 피해갈 수 없다.

　책을 쓰라는 제안은 단지 여왕이 독서를 멀리하게끔 꺼낸 말이었
다. 책을 쓰는 일은 막다른 길이었다. 클라우드 경은 비망록을 스
무 해 동안 써왔지만, 쉰 쪽도 채 못 썼다.

　웃을 수밖에 없는 에피소드이다. 누구나 쓰고 싶지만, 모두가 다
완성할 수 없는 것이 글쓰기이다. 인터넷 세상이 열리면서 전 국민

이 '작가'이자 '사진가'이자, '평론가'가 되었지만, 제대로 된 글은 갈
수록 줄어든다. 내 글을 쓰다 보면 자연스럽게 책도 덜 읽게 된다. 경
험 많고 성실한 여왕도 밤마다 불을 켜고 공책에 손을 뻗어 글을 쓴
다. 여왕은 이렇게 적었다. "책을 쓰는 일은 자신의 인생을 적는 것이
아니다. 자신의 인생을 발견하는 것이다." 정확하다. 인생을 그대로
받아 적는 일은 누구나 할 수 있지만(이것마저도 안 하는 사람이 더 많
겠지만), 자신만의 인생을 발견하는 사람은 드물다.

"책은, 아시겠지만, 행동을 촉발하지는 않습니다. 책은 대개 자신
이 이미 하기로 마음먹은 바를, 어쩌면 자기도 모르는 사이 하기로
마음먹은 바를 확인시키기만 하죠. 우리는 자신의 신념을 뒷받침
하려고 책을 찾습니다. 말하자면 책은 책으로 끝나는 겁니다."

오늘도, 인생을 발견하기 위해 글을 써 본다. 너무나 잘 쓰인 소설
에 행복해하다가도, 상대적으로 초라해지는 내 문장을 보면 의기소
침해진다. 그래도 그저께도 썼고, 어제도 썼고, 오늘도 썼고, 내일도
쓸 테니 괜찮다. 매일 안 쓰는 것보다 쓰는 것이 더 좋으니까 계속 쓸
것이다. 여왕님, 여왕님. 부디 당신의 신념을 뒷받침하는 좋은 책을
후세에 남겨 주시길 바라요. 책은 책으로 끝날 때 가장 아름답다는
걸 확인시켜 줘서 고마워요.

밤은 짧고, 소설은 길다

그가 잠들면, 나는 읽었다. 지금도 그
는 잠들어 있다. 나는 홀로 나만의 책상에서 깨어 있다. 살면서 한 번
도 이렇게 고요한 시간을 가져 본 적이 별로 없는 것 같다. 주변 소음
따위는 신경 쓰지 않는다는 자만은 역시나, 착각이었다. 항상 다른
사람과 다른 시간대로 살고 싶었던 나는, 일을 놓아 버리고 나서야
비로소 새벽 3, 4시에 잠들어 아침 9, 10시에 일어나는 올빼미 생활
을 반복할 수 있게 되었다. 학생 때부터 새벽은 헛된 꿈을 꾸는 동시
에 가장 풍요로운 현실이 꿈틀대는 시간이었다. 그 새벽을 다시 되찾
고, 첫 책을 쓴 지 4년 만에 (입으로만 쓴다던) 두 번째 독서 에세이를
쓰기 시작했다. 오랫동안 소설을 집중해서 읽을 수 있는 시간들을 확
보하고 사 놓고 읽지 못했거나, 읽었지만 읽은 것 같지 않은 소설들

을 밤마다 읽었다. 그날의 감정 상태나 사생활, 사건·사고에 의지해서 작품을 고르기보다 그저 만나고 싶은 소설 속 주인공들을 떠올리며 책장 앞에서 서성거렸다. 읽고 싶었던 소설이 전자책으로 판매되고 있으면 망설임 없이 구매 버튼을 눌러 아이패드 책장 안에 저장해 두고 수시로 읽었다. 내게 다시는 이런 순간이 허락되지 않을 것 같아, 아쉬운 마음을 달래며 수많은 새벽을 글 속에 빼곡히 담아 두었다.

이 책을 쓰는 동안 다가올 아침을 걱정하지 않아도 되었다. 꿀 한 스푼 퍼 먹을 여유도 없이 시간에 쫓겨 집을 나서지 않아도 되었다. 출근길 지하철에서 유체이탈을 꿈꾸지 않아도 되었다. 우유 하나를 사서 종종걸음으로 바쁘게 걷지 않아도 되었다. 먹기 싫은 밥을 억지로 먹지 않아도 되었고, 듣기 싫은 말을 듣지 않아도 되었다. 개미 떼처럼 밀려드는 인파에 둘러싸여 커피를 마시지 않아도 되었고, 집에 돌아오기가 바쁘게 씻고 잠들지 않아도 되었다. 잠드는 순간까지도 이번 달에 출간할 책의 원고를 기다리지 않아도 되었다. 집에서 무엇이 썩어 나가는지 모를 정도로 주변에 무감각해지지 않아도 되었다.

한 권의 책보다 몇 십 배는 비싼 구두와 가방, 코트를 사들이며 나는 '내가 제대로 살고 있는가'란 질문의 답을 애써 외면하고 살았다. 계속되는 야근으로 인한 피로는 프로야구를 보는 것으로 풀었다. 바쁘게 하루를 마감하며 떠오르는 생각은 '내일 뭐 입지'였다. 그래도 책은 읽었다. 편집하는 책의 참고도서라고 해서 읽었고, 블로그에 포스트를 작성하기 위해 신간들을 빼놓지 않고 읽었다. 잠들기 전엔 '책벌레'로서의 자격을 유지하기 위해 억지로라도 소설책 다섯 장 이상을 읽고 자기 위해 몸부림쳤다. 한낮의 사무실에서도 마감을 끝낸 후엔 책을 읽을 수 있었지만, 사무실 앞 확성기 소음과 전화벨 소리, 회의실 담배 냄새가 공존하는 그곳에서 업무 외에 다른 생각을 한다는 것은 애초에 불가능했다. 나를 혼란 속에 빠뜨리는 일을 결코 만들지 않아야만 했다. 정해진 틀에서 벗어나는 것이 두려웠다. 그러는 동안 나는 책을 '눈으로만' 읽고 살았던 것이다.

오스카 와일드는 이렇게 말했다. "영혼만이 감각을 치유할 수 있듯이, 감각만이 영혼을 치유할 수 있다." (…) 조지 엘리엇은 감각을 깨우기 위해선 느릿느릿한 삶을 살아야 한다고 강조한다. "모든 평범한 일상을 천천히, 그리고 빈틈없이 보고 느낄 수 있다면 잔디가 자라는 소리와 다람쥐의 심장박동 소리까지 들릴 것이다. 늘 그렇듯이 가장 빠른 자가 어리석음으로 똘똘 뭉친 채 돌아다닌다."

_『혼자 사는 즐거움』 중에서

월급과 맞바꾼 나만의 시간은 한순간 온전히 내 것이 되어 돌아왔
다. 나는 어디든 갈 수 있고, 또 어디든 가지 않을 자유가 있었다. 밤
이 지나가는 냄새를 맡고, 아침이 오는 소리를 들을 수 있었다. 잃어
버린 미각과 후각, 촉각을 되찾은 듯 아주 천천히 하루가 지나가는
것을 관찰했다. 규칙적이고 정돈된 낮을 보내야 밤에 집중해서 글을
쓸 수 있었기에 집 주변 산책과 7분 운동도 거르지 않고 집안일도 말
끔히 하고 차분히 밤을 기다렸다. 안나 카레니나와 댈러웨이 부인,
올리브 키터리지 부인과 다자키 쓰쿠루 군,『농담』의 루드빅과 '위대
한' 개츠비를 만나러 가는 시간들. 3개월의 독서 휴가(셰익스피어 베
케이션Shakespeare Vacation)가 주어진다면 가장 먼저 읽고 싶었던 『리
스본행 야간열차』까지 완독하고 나니 세상에 부러울 것이 없었다.
총 30편의 성장 소설, 연애 소설, 사소설, 자전적 소설과 진한 연애를
하고 나니 세상 모든 책이 시시하게 느껴지기도 했다.

아마도 누구나 이런 글을 쓸 수 있을 것이다. 책은 누구에게나 평
등하게 읽을 기회를 주기에. 그러나 아무나 이런 책을 쓸 수는 없을

것이다. 모두가 책을 읽고 사는 것은 아니기에. 십 년 동안 한 블로그를 한곳에서 운영해 오고 있는 나도 직장을 그만두고 나서야 겨우 쓸 수 있었다. 예전에 읽었거나 새로 읽은 소설 200여 권 가운데서 30권을 골라내는 작업만 한 달이 걸렸다. 생계를 포기한 것과 마찬가지다. 지난 세 달간 내 수입은 고작 육십만 원밖에 되지 않는다. 이 책을 쓰는 동안 외고(칼럼) 3편, 강연 하나, 북리뷰 2편이 내 수입 이력의 전부다. 하루가 다르게 줄어드는 통장 잔고에 두려움이 스멀스멀 기어 나오기도 했다. 갑자기 이력서와 자기소개서를 고쳐 써 놓기도 했다. 그래도 하루도 거르지 않고 책을 읽고 꼬박꼬박 글을 썼다. 영감은 매일 쓴 일기에서 찾는 편이 빨랐다.

　편집자로서 책을 한 권씩 만들 때마다 난 더 괜찮은 인간이 되어 가고 있는 건지 회의감이 들었다. 뭐, 책 백 권을 읽어도 제대로 된 인간이 되긴 그른 인간들도 많다. 나만해도 그렇지 않은가. 그리고 세상 속에 섞여 있어도 그만, 없어도 그만인 사람으로 살면서, 세상은 내 뜻대로 돌아가지 않는다는 사실을 매일 되새겼다. 모든 것을 내려놓으니, 나 또한 세상 뜻대로 살아가지 않으면 그만이라는 생각이 들었다. 그렇다. 유행하는 텔레비전 프로그램을 보지 않아도, 세련된 말투로 걸려온 전화에 응대하지 않아도, 마주치는 사람마다 미소를 짓지 않아도, 줄을 서서 기다려야 한다는 최신 맛집을 몰라도, 머리부터 발끝까지 도시에 어울리는 차림을 하지 않아도 내 삶이 충분히 빛날 수 있다는 걸 밤마다 읽은 소설들이 가르쳐 주었다. 오랫동안 읽어 왔기 때문에 한 페이지만 읽어도 심리적 안정감을 느낀다. 내가 찾아낸 소설 속 문장들을 한데 모아 한글 창에 띄어 놓고 읽으면 알 수 없는 편안함마저 밀려온다. 이것들을 이불 삼아 한숨 늘어지게 자고 싶다. 남들과 같아지지 않아도 되고, 남들보다 더 높이 올라가지 않아도 충분히 행복한 삶이 덤으로 주어졌다.

우리는 많은 경험 가운데 기껏해야 하나만 이야기한다. 그것조차도 우연히 이야기할 뿐, 그 경험이 지닌 세심함에는 신경 쓰지 않는다. 침묵하고 있는 경험 가운데, 알지 못하는 사이에 우리의 삶에 형태와 색채와 멜로디를 주는 경험들은 숨어 있어 눈에 띄지 않는다. (…) 관찰의 대상은 그 자리에 서 있지 않고, 말은 경험한 것에서 미끄러져 결국 종이 위에는 모순만 가득하게 남는다. 나는 이것을 극복해야 할 단점이라고 오랫동안 믿어왔다. 그러나 지금은, 이런 혼란스러움을 인정하는 것이야말로 익숙하면서도 수수께끼 같은 경험들을 이해하기 위한 왕도라고 생각한다. 이 말이 이상하고 묘하게 들린다는 것은 나도 잘 알고 있다. 하지만 이렇게 생각을 하고 나서야 깨어 있다는 느낌, 정말 살아 있다는 느낌이 든다.

　　　　　　　　　　　　　　　　_『리스본행 야간열차』 중에서

　생각해 보니 이 글을 쓰는 이유는, 책을 읽어 봤자 '돈이 나오냐, 쌀이 나오냐'라는 고전적 의문에 답하기 위함이었다. 십 년 전 학자 금 대출로 생활비를 충당하고, 하루에 과외를 두 탕씩 뛰고, 주말엔 백화점 아르바이트를 하면서도 나는 책을 읽었다. 가장 값이 싼 취 미 생활이었고, 그 취미 생활을 결국 나의 직업으로 만들었다. 책과 더 가까이 있는 직업을 가졌지만, 동시에 순수한 독서와 멀어지는 건 시간문제였다. 매일 찍어 대는 책과 넘겨 짐작하는 숫자들 때문 에 마음을 돌보지 못했다. 매달 백화점 쇼핑을 했다. 어느 정도의 허 영기와 허세가 있었던 생활과 글이었다. 조각조각 일기로 남겨 두었 던 기록들을 끄집어내서 하나씩 햇빛을 보게 해 주는 작업이 내 일 상을 지탱해 주었다. 장마다 숨어 있는 경험들을 파헤치고, 소설 속 인물들과 대화를 나눴다. 책에 적힌 문장들을 소리 내어 읽어 보았 다. 더 많은 집 밥을 해 먹고, 더 많은 화초에 물을 주고 흙을 손으로 만졌다.

　당장 돈이 되지 않은 글들로 인해 정말 살아 있다는 느낌을 받았

다. 밤은 아쉽게도 짧았고, 소설의 감동은 예상보다 길었다. 소설을 읽는 동안엔 시간마저 쉬어 간다는 느낌이 방 안을 가득 채웠다. 손에 잡히는 감정의 주름들을 보살피느라 아침밥을 먹고 잠들 때도 있었다. 이러한 만족 뒤에도 여전히 내가 쓴 책이 '만 원 이상의 돈을 지불하고 살 만한 가치가 있는 것일까' 하는 의문이 남는다. 편집자 생활 내내 나를 끈질기게 따라다닌 질문이기도 하다. 쓰는 내가 행복했으니 된 것일까. 책의 기획 의도와 타깃 독자, 시장에서 살아남을 가능성은 잠시 잊어도 좋은 걸까. 지그문트 바우만이 사는 것과 그것을 적어 내려가는 것의 차이에 대해 다음과 같은 문장으로 대신 답해 준다.

내 영감의 원천이었던 주제 사라마구의 주장을 참고해보면 좋을 것이다. "우리가 말하는 모든 단어, 우리가 취하는 모든 동작은 의도되지 않은 자서전의 조각이다. 이 모든 것은 자신도 모르게 하는 것이기 때문에 우리가 종이에 가장 자세하게 글로 쓴 삶의 이야기만큼 진실한 것이다."   _『이것은 일기가 아니다』 중에서

이제 어디 누구의 대리인이 아닌 '조안나' 단독자로 사는 일만 남았다. 당신을 만난 다음 페이지. 사랑으로도 채울 수 없는 외로움은

유의미하게 연결되거나 혹은 무의미하게 이어지는 수많은 페이지들을 엮어 어느 정도 잊을 수 있을 것이다. '소설이 된 수많은 새벽들'을 일부 닫아 두고, 다른 사람들과 함께 만들어 가는 '낮의 에세이'를 위해 새로운 페이지를 찾아 나서야겠다. 이 책이 쓰이는 동안 잘 자 준 그에게 오늘 밤도 잘 자라고 말해 주고 싶다.

겨울이 오는 감각과 함께

조안나

인용
문헌

나를 생각하게 하는 당신

가늠할 수 없는 깊이를 지닌 네드라에게

『가벼운 나날』, 제임스 설터 지음 | 박상미 옮김 | 마음산책 | 2013
음악 · 「The Game of Love」, 다프트 펑크

인생에서 일요일을 빼면 무엇이 남을까?

『일요일들』, 요시다 슈이치 지음 | 오유리 옮김 | 북스토리 | 2005

그대는 언제까지 나를 혼자 둘 작정인가요

『브람스를 좋아하세요...』, 프랑수아즈 사강 지음 | 김남주 옮김 | 민음사 | 2008
『사강 탐구하기』, 마리 도미니크 르리에브르 지음 | 최정수 옮김 | 소담출판사 | 2012

가장 가까운 듯 먼 한 여자에게

『한 여자』, 아니 에르노 지음 | 정혜용 옮김 | 열린책들 | 2012
『칼 같은 글쓰기』 아니 에르노 지음 | 최애영 옮김 | 문학동네 | 2005
『남자의 자리』 아니 에르노 지음 | 임호경 옮김 | 열린책들 | 2012

슬픔만 보여서 슬픔을 사랑하게 되었어요

『연인』, 마르그리트 뒤라스 지음 | 김인환 옮김 | 민음사 | 2007
『사랑은 어느날 수리된다』, 안현미 지음 | 창비 | 2014
『이게 다예요』, 마르그리트 뒤라스 지음 | 고종석 옮김 | 문학동네 | 1996

사람이 사랑 없이 살 수 있어요?

『자기 앞의 생』, 로맹 가리 지음 | 용경식 옮김 | 문학동네 | 2003
음악 · 「Dirty Paws」, 오브 몬스터즈 앤드 맨

내게 영감을 주는 당신

필드 워크 하러 나가는 거 어때요?

『한낮인데 어두운 방』, 에쿠니 가오리 지음 | 신유희 옮김 | 소담출판사 | 2013
음악 · 「Keep On Dancing」, 파로브 스텔라
음악 · 「Touch」, 다프트 펑크

고통이 없어, 고통을 만들어 냈던 당신에게

『데미지』, 조세핀 하트 지음 | 공경희 옮김 | 그책 | 2011

지금의 내가, 내가 알던 그 내가 맞던가

『살인자의 기억법』, 김영하 지음 | 문학동네 | 2013

죽도록 사랑하는데 왜 용서할 수 없는 거죠?

『인생의 베일』, 서머싯 모옴 지음 | 황소연 옮김 | 민음사 | 2007
영화 · 「페인티드 베일」, 존 커랜 감독 | 2006

그가 멸시한 세계로 걸어 들어갈 때

『남자의 자리』, 아니 에르노 지음 | 임호경 옮김 | 열린책들 | 2012

사랑으로 인생이 달라질 수 있을까요?

『타인에게 말 걸기』, 은희경 지음 | 문학동네 | 1996

나를 말하게 하는 당신

기억하고 싶은 대로 기억하는 당신에게

『예감은 틀리지 않는다』, 줄리언 반스 지음 | 최세희 옮김 | 다산책방 | 2012

당신은 자기만의 방을 가지고 있나요?

『자기만의 방』, 버지니아 울프 지음 | 오진숙 옮김 | 솔 | 1996

고약한 농담을 지워 버리고 싶나요?

『농담』, 밀란 쿤데라 지음 | 방미경 옮김 | 민음사 | 1999

음악 · 「Oblivion」, 아스토르 피아졸라

존경받을 만한 일상은 어디에나 있다
『올리브 키터리지』, 엘리자베스 스트라우트 지음 | 권상미 옮김 | 문학동네 | 2010

나를 더 이상 사랑할 수 없어요, 어쩌죠?
『전락』, 알베르 카뮈 지음 | 김화영 옮김 | 책세상 | 1989
「메마른 인양선」, T. S. 엘리엇 지음

당신은 희망의 증거가 되고 싶은가요?
『위대한 개츠비』, F. 스콧 피츠제럴드 지음 | 김욱동 옮김 | 민음사 | 2003

내게 영원히 기억될 당신

불행은 각기 다른 아름다움을 가지고 있다
『안나 카레니나』, 톨스토이 지음 | 연진희 옮김 | 민음사 | 2009
『로쟈의 러시아 문학 강의』, 이현우 지음 | 조성민 그림 | 현암사 | 2014

당신은 어쩜, 그렇게 그대로인가요
『색채가 없는 다자키 쓰쿠루와 그가 순례를 떠난 해』, 무라카미 하루키 지음 | 양억관 옮김 |
  민음사 | 2013

행복한 패배자가 되고 싶어요
『싱글맨』, 크리스토퍼 아이셔우드 지음 | 조동섭 옮김 | 그책 | 2009
음악 · 「Time」, 한스 짐머

사람은 왜 아이를 낳을까요?
『두근두근 내 인생』, 김애란 지음 | 창비 | 2011

지금 당신 생각을 하고 있어요. 답장 주실 거죠?
『새벽 세시 바람이 부나요?』, 다니엘 글라타우어 지음 | 김라합 옮김 | 문학동네 | 2008

누군가와 말도 섞기 싫은 날, 당신을 만나러 가지요
『어느 작가의 오후』, 페터 한트케 지음 | 홍성광 옮김 | 열린책들 | 2010

나를 달뜨게 하는 당신

위기는 누구에게나 필요하다

『템테이션』, 더글라스 케네디 지음 | 조동섭 옮김 | 밝은세상 | 2012

주변의 사물들이 당신을 말해 주나요?

『사물들』, 조르주 페렉 지음 | 김명숙 옮김 | 펭귄클래식 코리아 | 2011

당신 내가 지루한 사람이라고 생각해?

『리스본행 야간열차』, 파스칼 메르시어 지음 | 전은경 옮김 | 들녘 | 2007

꽃이 필요한 순간들을 기억하시나요?

『댈러웨이 부인』, 버지니아 울프 지음 | 최애리 옮김 | 열린책들 | 2009
『존재의 순간들』, 버지니아 울프 지음 | 정명진 옮김 | 부글북스 | 2013

아직 슬퍼할 일은 많이 남아 있단다…….

『디어 라이프』, 앨리스 먼로 지음 | 정연희 옮김 | 문학동네 | 2013

요즘 무슨 책을 읽고 있나요?

『일반적이지 않은 독자』, 앨런 베넷 지음 | 조동선 옮김 | 문학동네 | 2010

작가의 말 — 밤은 짧고, 소설은 길다

『혼자 사는 즐거움』, 사라 밴 브레스낙 지음 | 신승미 옮김 | 토네이도 | 2011
『리스본행 야간열차』, 파스칼 메르시어 지음 | 전은경 옮김 | 들녘 | 2007
『이것은 일기가 아니다』, 지그문트 바우만 지음 | 이택광, 박성훈 옮김 | 자음과모음 | 2013